樂府百品

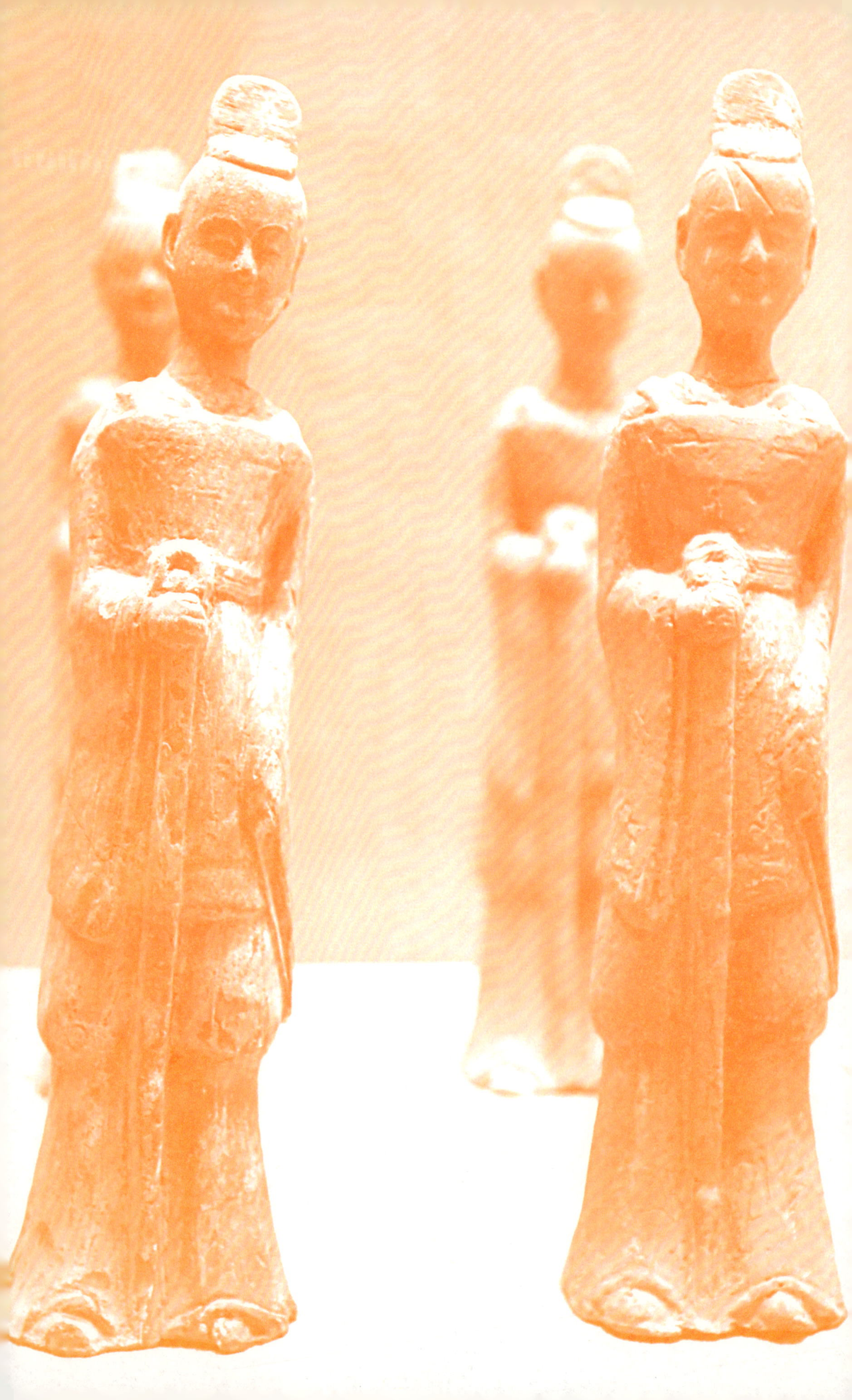

品读诗词中国

乐府百品

苏若荻

中国财经出版传媒集团
经济科学出版社

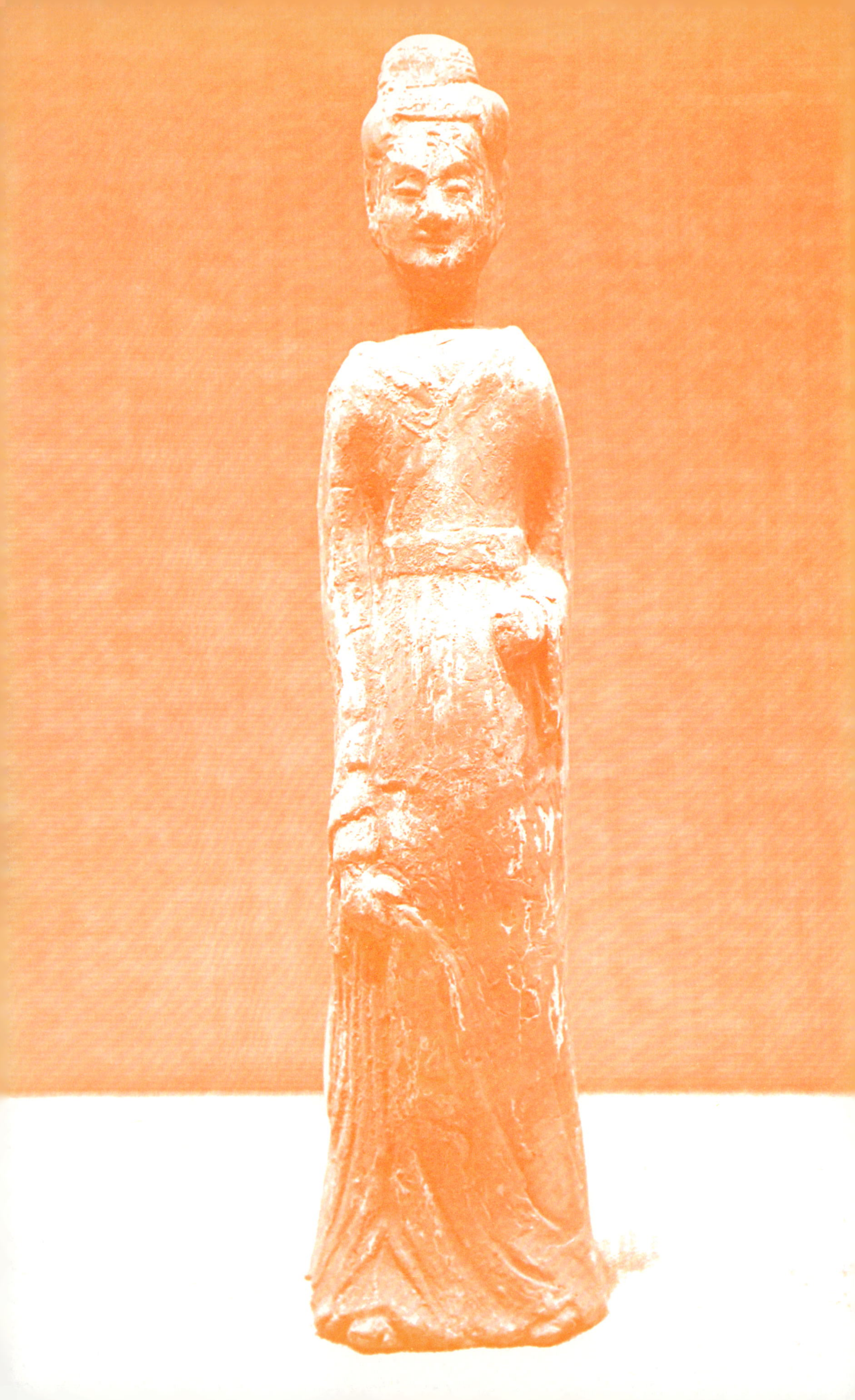

前 言

乐府是两汉魏晋南北朝时代中央王朝所设专门机构,负责采集民间歌曲、管理王朝音乐事务,它所采集加工的诗歌被称作乐府诗,简称乐府。

乐府诗中有大量的民歌,也有相当数量的文人作品,其最大的特点就是均可用于配乐演唱。因而,古人在对乐府诗分类时,往往依据所配乐器或音乐进行。

一般可分为七类:第一类为鼓吹曲辞,主要使用鼓、箫、笳等乐器,气势雄壮,多用于军乐、行进、庆典等。第二类为横吹曲辞,主要使用鼓、角等乐器,发轫于北方游牧民族中流行的乐曲,传入后被用作军乐。第三类为相和歌辞,主要使用管弦乐器,清丽婉约,很受文人钟爱。第四类为清商曲辞,这是东晋南朝将相和歌辞与南方民歌相结合而形成的乐曲门类,仍是以管弦乐器为主。第五类为舞曲歌辞,是配合舞蹈演唱的歌辞。第六类为琴曲歌辞,所用乐器为琴,悠扬清新。第七类为杂曲歌辞,因曲调及配乐情况已不明,故统称为杂曲歌辞。

本书在选编时未按此七类划分,而是大致依据作品时间为序,以强调其演进与变化。

目 录

上 邪	无名氏	001
有所思	无名氏	003
薤 露	无名氏	005
蒿 里	无名氏	007
巫山高	无名氏	009
驱车上东门	无名氏	011
行行重行行	无名氏	013
步出城东门	无名氏	015
长歌行	无名氏	017
迢迢牵牛星	无名氏	019
生年不满百	无名氏	021
去者日以疏	无名氏	023
明月何皎皎	无名氏	025
江 南	无名氏	027
怨歌行	无名氏	029
悲歌行	无名氏	031
古 歌	无名氏	033
古怨歌	窦玄妻	035
饮马长城窟行	无名氏	037
短歌行	曹 操	039
观沧海	曹 操	043
龟虽寿	曹 操	045
燕歌行	曹 丕	047
杂 诗	曹 丕	049
赠从弟（其二）	刘 桢	051
杂 诗	孔 融	053

杂　诗	傅　玄	055
咏怀·独坐空堂上	阮　籍	057
咏怀·夜中不能寐	阮　籍	059
拟挽歌辞（三首）	陶渊明	061
归田园居·少无适俗韵	陶渊明	067
移居二首	陶渊明	069
饮酒·结庐在人境	陶渊明	073
杂诗·人生无根蒂	陶渊明	075
杂诗·白日沦西阿	陶渊明	077
拟古·迢迢百尺楼	陶渊明	079
拟古·日暮天无云	陶渊明	081
读《山海经》	陶渊明	083
拟行路难·泻水置平地	鲍　照	085
拟行路难·对案不能食	鲍　照	087
登黄鹤矶	鲍　照	089
赠傅都曹别	鲍　照	091
秋思引	汤惠休	093
青溪小姑歌	吴　均	095
王孙游	谢　朓	097
玉阶怨	谢　朓	099
临高台	谢　朓	101
同王主簿有所思	谢　朓	103
秋　夜	谢　朓	105
游太平山	孔稚圭	107
临江王节士歌	陆　厥	109
别　诗	张　融	111

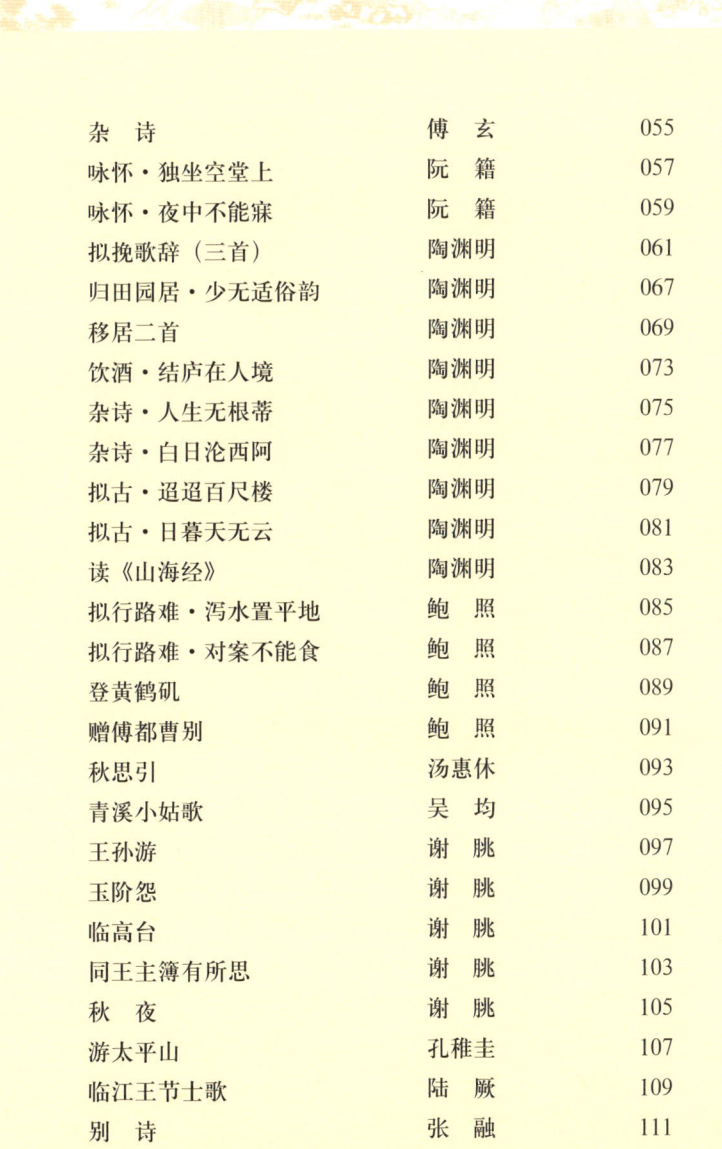

赠范晔诗	陆　凯	113
估客乐（二首）	释宝月	115
临高台	萧　衍	117
折杨柳	萧　纲	119
折杨柳	萧　绎	121
夜夜曲	沈　约	123
临高台	沈　约	125
别　诗	范　云	127
之零陵郡次新亭	范　云	129
江南曲	柳　恽	131
答柳恽	吴　均	133
山中杂诗	吴　均	135
临行与故游夜别	何　逊	137
相　送	何　逊	139
与胡兴安夜别	何　逊	141
慈姥矶	何　逊	143
寒夜怨	陶弘景	145
诏问山中何所有赋诗以答	陶弘景	147
和傅郎岁暮还湘州	阴　铿	149
江津送刘光禄不及	阴　铿	151
关山月	徐　陵	153
留赠山中隐士	周弘让	155
长安听百舌	韦　鼎	157
三洲歌	无名氏	159

子夜四时歌	无名氏	161
子夜歌（之一）	无名氏	163
子夜歌（之二）	无名氏	165
江陵去扬州	无名氏	167
莫愁乐	无名氏	169
那呵滩	无名氏	171
棹歌行	魏　收	173
重别周尚书	庾　信	175
渡河北	王　褒	177
早发扬州还乡邑	孙万寿	179
东归在路率尔成咏	孙万寿	181
别周记室	王　胄	183
别宋常侍	尹　式	185
落　叶	孔绍安	187
春江花月夜	杨　广	189
敕勒歌	无名氏	191
木兰诗	无名氏	193
陇头歌辞	无名氏	195
紫骝歌辞（之一）	无名氏	197
折杨柳枝歌（之一）	无名氏	199

| 我欲与君相知 |

国家博物馆藏

上 邪

无名氏

上邪,我欲与君相知,长命无绝衰。
山无陵,江水为竭,冬雷震震,
夏雨雪,天地合,乃敢与君绝!

【品读】

衰(cuī),减少、衰减。本诗先正面诉求,要上天作证,我要与你相知相爱,直到永远;再以反证表明自己的决心。相爱之誓约,当以此为最。

| 兄嫂当知之 |

国家博物馆藏

有所思

无名氏

有所思,乃在大海南。
何用问遗君?
双珠玳瑁簪,用玉绍缭之。
闻君有他心,拉杂摧烧之。
摧烧之,当风扬其灰。
从今以往,勿复相思!
相思与君绝。
鸡鸣狗吠,兄嫂当知之。
妃呼狶!
秋风肃肃晨风飔,东方须臾高知之。

【品读】

玳瑁(dài mào),一种外形似龟的爬行动物,生活在热带和亚热带的海中,其壳可作成饰物。绍缭,缠绕;此句谓以珍珠玳瑁做成簪子,再饰上一圈的美玉,极言所赠之物的用心与珍贵,更衬托出下一句听说恋人变心后,要将所赠之物烧掉扬灰的心情。妃呼狶(xī),辅声,歌咏所用。飔(sī),清凉之气;须臾,片刻。高,皓也,言东方既白。

先读通难词,再吟咏一遍,可感受一刚烈女子被未婚之男友遗弃之愤怒与无奈,须知,这是发生在两千年前的古代社会。

| 人死一去何时归

国家博物馆藏

薤 露

无名氏

薤上露,何易晞?
露晞明朝更复落,
人死一去何时归?

【品读】

薤(xiè),多年生草本植物,叶子细长,花紫色。晞(xī),晒干。此言人生如朝露,转瞬而去。生死之感叹,自古皆然。

| 鬼伯一何相催促 |

国家博物馆藏

蒿　里

无名氏

蒿里谁家地？聚敛魂魄无贤愚。
鬼伯一何相催促，人命不得少踟蹰。

【品读】

　　蒿里，山名，在泰山之南，本为埋葬死人之处，又以代指阴间之地。鬼伯，鬼中之长，阎王。踟蹰（chí chú），徘徊。此以死写生，寓意深远。人无高低贵贱，当鬼伯前来取命、驱归蒿里时，是最为平等的。这实际上是无神论的世俗的生死观，与各式宗教的生死观截然不同，也是中国传统文化的特性所在。

| 远道之人心思归 |

洛阳博物馆藏

巫山高

无名氏

巫山高，高以大。
淮水深，难以逝。
我欲东归，害梁不为？
我集无高曳，水何（梁）汤汤回回。
临水远望，泣下沾衣。
远道之人心思归，谓之何！

【品读】

逝，去、往。梁，辅声，犹兮、乎之类，歌咏时所需。害，何也。集，滞留也。高曳，即船篙也。汤汤回回，言水势之浩大也。此句大意为，我要东归，为何不为？我滞留不归的原因就是没有船篙，而淮水又如此浩大。

此诗前半段集中铺垫，后半段点出本意。远道之人之思归，徒唤无奈。后世不乏思归之作，凡无奈之心境，也多本此而来，如李白之"抽刀断水水更流"，李商隐之"蓬山此去无多路"等，皆然。

| 驱车上东门 |

三峡博物馆藏

驱车上东门

无名氏

驱车上东门，遥望郭北墓。
白杨何萧萧，松柏夹广路。
下有陈死人，杳杳即长暮。
潜寐黄泉下，千载永不寤。
浩浩阴阳移，年命如朝露。
人生忽如寄，寿无金石固。
万岁更相送，贤圣莫能度。
服食求神仙，多为药所误。
不如饮美酒，被服纨与素。

【品读】

此诗是东汉神学迷信之后最为清醒的直面人生之作，虽然直白，近乎残酷，但足以震撼沉湎于神仙长生术中的芸芸众生。魏晋之放达，李白之不羁，均本此而来。至今日，读之仍可如洗礼一般，令人醍醐梦觉。

| 胡马依北风 |

三峡博物馆藏

行行重行行

无名氏

行行重行行，与君生别离。
相去万余里，各在天一涯。
道路阻且长，会面安可知。
胡马依北风，越鸟巢南枝。
相去日已远，衣带日已缓。
浮云蔽白日，游子不顾反。
思君令人老，岁月忽已晚。
弃捐勿复道，努力加餐饭。

【品读】

　　此诗为女子思夫之作。夫君在中原流连求仕，女子在江南苦苦守望，"相去万余里，各在天一涯"是也。但求仕之路坎坷不平，总不如意，而夫君又不醒悟，仍执意在外，遂有此无限相思。《古诗源》注引汉人陆贾之语曰："故邪臣之蔽贤，犹浮云之障日月也。"古《杨柳行》诗云："谗邪害公正，浮云蔽白日。"本诗中之"浮云蔽白日，游子不顾反"亦是此意。值得一提的是，思夫之诗多怨艾，尤其是商人妇之思夫，而此女子竟无半句怨尤，最后的结句仍是对夫君的劝慰与关心，"弃捐勿复道，努力加餐饭"，亦即成败并不重要，保重身体便可。

| 故人从此去 |

南京博物院藏

步出城东门

无名氏

步出城东门,遥望江南路。
前日风雪中,故人从此去。
我欲渡河水,河水深无梁。
愿为双黄鹄,高飞还故乡。

【品读】

古诗之精华在其质朴自然,读该诗又可得此同感,诗无繁文藻辞,也不计工整巧对,只是平铺直叙了一位女子的思夫之情,同样流传千古。

汉魏时代之江南,尚是人烟稀少的荒芜之地,故人离开亲人独身前往,必是为生计谋,而诗中之女主人公也是身在异乡,故最后一句是"愿为双黄鹄,高飞还故乡"。

梁,桥梁。读此诗需注意"遥望""风雪中""深无梁""故乡"四组用辞,虽极平实,但刻画出了极不平静的内心。

| 老大徒伤悲

国家博物馆藏

长歌行

无名氏

青青园中葵,朝露待日晞。
阳春布德泽,万物生光辉。
常恐秋节至,焜黄华叶衰。
百川东到海,何时复西归。
少壮不努力,老大徒伤悲。

【品读】

葵,向日葵。晞(xī),晒干。焜(kūn),明亮。

此诗言人生苦短,但又非人生几何之叹,而是发时不我待、少壮努力之慷慨,实际上应是古典版的《三天所见》。

| 脉脉不得语 |

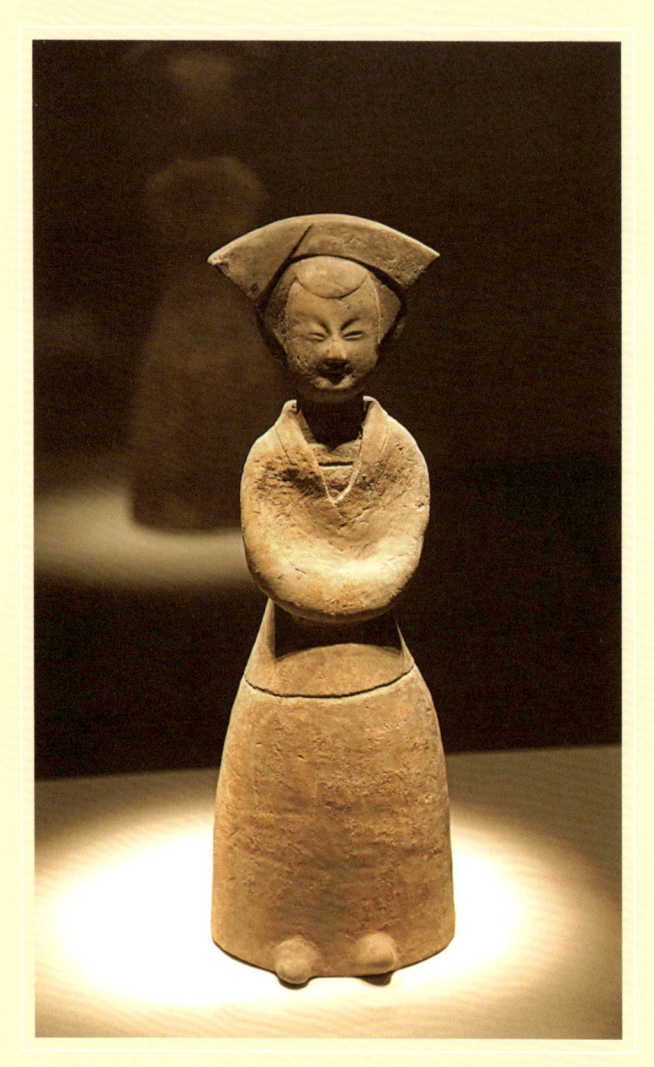

国家博物馆藏

迢迢牵牛星

无名氏

迢迢牵牛星，皎皎河汉女。
纤纤擢素手，札札弄机杼。
终日不成章，泣涕零如雨。
河汉清且浅，相去复几许？
盈盈一水间，脉脉不得语。

【品读】

此诗借用牛郎织女的故事，将天上星辰化作了人间情景剧，真切、感人。前人曾评论此诗"语语认真，语语神化"。

迢迢，遥远貌。皎皎，明亮之貌。擢（zhuó），本句谓摆动纤细小手。札札，织机声响。章，织成的花纹。盈盈，清清浅水之貌。

| 为乐当及时 |

国家博物馆藏

生年不满百

无名氏

生年不满百，常怀千岁忧。
昼短苦夜长，何不秉烛游！
为乐当及时，何能待来兹？
愚者爱惜费，但为后世嗤。
仙人王子乔，难可与等期。

【品读】

千岁忧，即千岁万年后，亦即"死"之代词。此言人生苦短，当及时行乐，切莫有长生不老之妄想。秉烛，持烛，拿着蜡烛，谓通宵达旦。王国维《人间词话》极赞赏前二联，谓"写情如此，方为不隔。"王氏所谓不隔，"如初日芙蓉，自然可爱，曰爽朗，曰自然。"嗤，嗤笑。王子乔，古人传说中成仙者，本为俗人，后得道成仙，驾鹤登天。此诗开"对酒当歌，人生几何"一类诗作之先河，往往被斥为颓废，实际这是一种达观，而且是直面生死的达观。

| 思还故里间 |

陕西省博物馆藏

去者日以疏

无名氏

去者日以疏,来者日以亲。
出郭门直视,但见丘与坟。
古墓犁为田,松柏摧为薪。
白杨多悲风,萧萧愁杀人。
思还故里闾,欲归道无因。

【品读】

此诗或为戍边之作,或为被放逐者之作。长年远离故土,但见相识日少,坟墓渐多,叹人生若此,难免生白杨秋风之悲情。更可悲者,却是故乡遥遥,无路可返,只能客死异乡。郭门,城门。里闾,故乡。

| 揽衣起徘徊 |

洛阳博物馆藏

明月何皎皎

无名氏

明月何皎皎，照我罗床帏。
忧愁不能寐，揽衣起徘徊。
客行虽云乐，不如早旋归。
出户独彷徨，愁思当告谁？
引领还入房，泪下沾裳衣。

【品读】

　　此相思之作，无奇僻之思，惊竦之句，而是清和平远，情思绵长。清代学者沈德潜认为"言情不尽，其情乃长。后人患在好尽耳"，可谓一语中的。

| 莲叶何田田 |

河南博物院藏

江　南

无名氏

江南可采莲，莲叶何田田。鱼戏莲叶间。
鱼戏莲叶东，鱼戏莲叶西。
鱼戏莲叶南，鱼戏莲叶北。

【品读】

　　田田，莲叶茂盛之状。此诗写水中嬉戏之鱼，或东或西，或南或北。以最简单之排比，绘出最动感之鱼戏，其真正表现的，却是未在文字中出现的采莲少女之活泼可爱。

| 动摇微风发 |

三峡博物馆藏

怨歌行

无名氏

新裂齐纨素,皎洁如霜雪。
裁为合欢扇,团团似明月。
出入君怀袖,动摇微风发。
常恐秋节至,凉飙夺炎热。
弃捐箧笥中,恩情中道绝。

【品读】

裂,裁开。纨素,白色之丝绢,以齐地之纨素质量最佳。飙(biāo),自上而下之风。箧笥(qiè sì),竹箱。

古今情爱,唯一个"变"字最重,而历代歌咏者,几乎无一例外地写女子之钟情,男子之负心,其根源还在于一些女子之团扇性格,既要团团如明月,出入君怀袖,又如何能不"常恐秋节至"!

| 心思不能言 |

河南博物院藏

悲歌行

无名氏

悲歌可以当泣,远望可以当归。
思念故乡,郁郁累累。
欲归家无人,欲渡河无船。
心思不能言,肠中车轮转。

【品读】

　　悲歌之辞,本难名状,诗人以短短八行小诗,写出了层层累累的四种悲伤,可谓无一字不悲,无一言不泣,满纸辛酸,直透心底。

| 离家日趋远 |

国家博物馆藏

古 歌

无名氏

秋风萧萧愁杀人。
出亦愁,入亦愁。
座中何人,谁不怀忧?
令我白头!
胡地多飙风,树木何修修。
离家日趋远,衣带日趋缓。
心思不能言,肠中车轮转。

【品读】

　　秋风悲凉,旅人怀归。此诗将秋风之萧萧与人生苦短作为旅人怀归之背景,将一个离愁写得淋漓尽致,将乡思之不堪刻画得入木三分。读时须读出诗人愁在何处,愁在秋风、白头,愁在狐死首丘,魂兮无归。

| 人不如故 |

西安博物馆藏

古怨歌

窦玄妻

茕茕白兔,东走西顾。
衣不如新,人不如故。

【品读】

茕(qióng)茕,孤独、无依无靠。此诗仅十六字,却流传了两千年之久,在能够预计的全部岁月中,它们仍会如此流传,而且何时何地都不会有陈旧之嫌。其原因盖在于朴实无华的真情表白。

| 梦见在我傍 |

国家博物馆藏

饮马长城窟行

无名氏

青青河边草，绵绵思远道。
远道不可思，宿昔梦见之。
梦见在我傍，忽觉在他乡。
他乡各异县，展转不相见。
枯桑知天风，海水知天寒。
入门各自媚，谁肯相为言。
客从远方来，遗我双鲤鱼。
呼儿烹鲤鱼，中有尺素书。
长跪读素书，书中竟何如？
上言加餐食，下言长相忆。

【品读】

　　本诗与古诗十九首相类，名之为饮马长城窟行，当因其内容而来。《古诗源》谓此诗为"思妇之作"，不妥。通读全诗，乃夫君远戍，妻儿居家，其妻缅念之作。自"青青河边草"至"海水知天寒"为思夫曲，青青河边草，写家乡近景，绵绵思远道，则转为异乡之思念，写出了辗转反侧、寤寐思服的古意。"入门各自媚，谁肯相为言"是过渡曲，写同一家门的妯娌姐妹各有情归，无人可与分担思念之忧思。自"客从远方来"至尾，为明快之交感曲，夫君捎回双鲤，更为重要的是带来同样的相思与牵挂，"上言加餐食，下言长相忆"，是爱情的永恒体现。尺素，古人写书信时常用的长一尺左右的绢帛。书，书信。

| 呦呦鹿鸣 |

宝鸡青铜器博物馆藏

短歌行

曹　操

对酒当歌，人生几何。
譬如朝露，去日苦多。
慨当以慷，忧思难忘。
何以解忧，惟有杜康。
青青子衿，悠悠我心。
但为君故，沉吟至今。
呦呦鹿鸣，食野之苹。
我有嘉宾，鼓瑟吹笙。
明明如月，何时可掇。
忧从中来，不可断绝。
越陌度阡，枉用相存。
契阔谈䜩，心念旧恩。
月明星稀，乌鹊南飞。
绕树三匝，何枝可依。
山不厌高，海不厌深。
周公吐哺，天下归心。

| 契阔谈宴 |

河南博物院藏

【品读】

《古诗源》在收录《短歌行》时解释为"言当及时为乐也",实大谬。此诗虽以"对酒当歌,人生几何"启兴,也发出了"譬如朝露,去日苦多"的感慨,似乎是看透人生,要及时行乐,但从此后的内容,我们读出的却是一代政治家的慷慨豪气。实际上是以此为引子,说服当时的贤能之士不要蹉跎时光,要与曹氏共兴大事,建功立业。

诗中讲到"去日苦多"所带来的忧思,唯有一醉方解。杜康,发明酿酒者,此处以之代指酒。但此后的诗句方步入正题,点明才俊之士怀才不遇,面临去日苦多,时不我待的忧思时,我曹操就是解忧的美酒。

"青春子衿,悠悠我心",本出自《诗经》,写女子对心中爱恋的青年学子的倾慕之情,曹操借以喻自己的爱才之心。"君",即青年才俊。"沉吟至今"谓一直在召唤,盼望着才俊们。"呦呦鹿鸣"四句也出自《诗经》,呦(yōu)呦,鹿鸣声。苹,艾蒿。相传鹿喜食此草,遇到时,便发出呦呦之声,呼唤同伴共同食用。后两句则言得友朋之欢乐盛情。曹操以此表明,若有才俊之士肯相应我的求贤之声,共图大业,我将盛情相待。"明明如月"四句是说我求贤之心如明明之月,无有停辍,时不我待之忧思发自内心,不可断绝。"越陌度阡"四句,写故交旧友屈驾前来,宴饮阔论,旧情难忘。实际表明,不管是素昧平生者,还是故交旧友,都一例欢迎。阡,田中南北小路。陌,田中东西小路。枉,屈驾。相存,相访,造访。"用",以。"枉用相存",屈驾到访。"月明星稀"四句,乌鹊比才俊,提醒他们要择良木而栖。

最后四句两层含义,都是表达求贤之诚心。"山不厌高,海不厌深",表示要虚怀若谷,得贤才多多益善。"周公吐哺,天下归心",表示要效法周公求贤若渴的做法,尽揽天下英才。"吐哺",吐出刚入口的饭。《史记·鲁周公世家》载,西周之初,周公辅佐武王。求贤若渴,只要有人到访,不论何时,都立即相见,以至于"一沐三握发,一饭三吐哺"。古人束发,洗浴时要披散开,"一沐三握发",是说一次洗浴时,为见到访者,曾三次中断,束起头发见客。"一饭三吐哺",是说吃一顿饭,曾三次把刚放到嘴里的食物吐出,以便马上见到客人。

| 东临碣石 |

河南博物院藏

观沧海

曹 操

东临碣石，以观沧海。
水何澹澹，山岛竦峙。
树木丛生，百草丰茂。
秋风萧瑟，洪波涌起。
日月之行，若出其中。
星汉灿烂，若出其里。
幸甚至哉，歌以咏志。

【品读】

此诗是乐府中的固定曲牌，但在曹操这儿，却写出了大自然的万千气象。天地江海、山川日月，尽纳胸中。惟一代英雄，方有如此诗风，这也正是毛泽东反复申明的"诗言志"。作为文人的诗人与作为诗人的政治家，两者的区别在这首诗上得以充分反映。

碣（jié）石，即大碣石山，原在今河北省乐亭县西南，后湮没于海中。澹（dàn）澹，起伏不定。竦（sǒng）峙，耸立。星河，天上的银河。幸甚至哉，幸运之至。

诗先点题，东临碣石之山，以观沧海。再叙山与海两道景色，水波浩淼，山岛耸立，山上树木丛生，百草丰茂;海上秋风萧瑟，洪波涌起。接着点出海天一色的浑然，日月星辰，若出其中。最后，以幸运之至收尾。

对曹操此诗，唱和者多矣，最能与之相通者，还是毛泽东。他在《浪淘沙·北戴河》词中写道：

"大雨落幽燕，白浪滔天。秦皇岛外打鱼船，一片汪洋都不见，知向谁边？往事越千年，魏武挥鞭，东临碣石有遗篇。萧瑟秋风今又是，换了人间。"

| 老骥伏枥 |

国家博物馆藏

龟虽寿

曹 操

神龟虽寿，犹有竟时。
腾蛇成雾，终为土灰。
老骥伏枥，志在千里。
烈士暮年，壮心不已。
盈缩之期，不独在天。
养怡之福，可得永年。
幸甚至哉，歌以咏志。

【品读】

"盈缩之期，不独在天"，言人可造命也，亦即自己是命运的主人。沈德潜云："曹公四言，于'三百篇'外，自开奇响。慷慨之气，可贯长空。"

| 援琴鸣弦发清商 |

国家博物馆藏

燕歌行

曹丕

秋风萧瑟天气凉，草木摇落露为霜。
群燕辞归雁南翔，念君客游思断肠。
慊慊思归恋故乡，何为淹留寄他方。
贱妾茕茕守空房，忧来思君不敢忘，不觉泪下沾衣裳。
援琴鸣弦发清商，短歌微吟不能长。
明月皎皎照我床，星汉西流夜未央。
牵牛织女遥相望，尔独何故限河梁？

【品读】

此诗为丈夫远行，妻子独守空房，切切思君之作。全诗用辞极平实，句句押韵，娓娓道来，写出了相思相念的荡气回肠。难能可贵的是，作为一代帝王，曹丕并无民间生活经历，而能写出如此感人肺腑的诗篇，真让人会误以为这位帝王是将他人之作据为己有呢。

诗先写秋风渐凉，白露为霜，燕子与大雁已纷纷南去，而夫君却远游未归。再写夫君同样落寞空虚，思念故乡。接着，转叙我独守空房，夜夜思君，抚琴而弹弹的也是哀怨的清商之曲，而且，只是浅吟轻唱便要停下，否则，相思之情一发而不可收。最后，以天上的月色与银河尽现相思之苦。

河梁，银河上的桥梁，仅七夕之夜有之，其他时间牛郎织女只能隔河相望，所以，最后的发问是，你有何罪被银河天桥所隔，无法返家？

此诗被称作七言诗的开山之作，明代大学问家王夫之在其《古诗评选》中认为此诗"倾情、倾度、倾色、倾声，古今无两"，亦即古今无贰。沈德潜云："节奏之妙，不可思议。句句用韵，掩抑徘徊。""短歌微吟不能长"，恰似自言其诗。

| 披衣起彷徨 |

国家博物馆藏

杂 诗

曹 丕

漫漫秋夜长，烈烈北风凉。
展转不能寐，披衣起彷徨。
彷徨忽已久，白露沾我裳。
俯视清水波，仰看明月光。
天汉回西流，三五正纵横。
草虫鸣何悲，孤雁独南翔。
郁郁多悲思，绵绵思故乡。
愿飞安得翼，欲济河无梁。
向风长叹息，断绝我中肠。

【品读】

　　此静夜思之佳作。天汉，银河也。三五，谓繁星三五成群，纵横交错。济，渡河。梁，桥梁。夜深人静，披衣出门，夜色庭院之中，仰望苍穹，俯视草丛，怆然悲感，难以抑约。一代帝王，能有如此情愫，实属难得，古罗马皇帝马可·奥勒留之《沉思录》也是如此而出。

| 冰霜正惨凄 |

陶武俑
西晋（公元265—公元317年）
洛阳涧西区河阳家园西晋墓出土
洛阳博物馆藏
Pottery warrior
Western Jin Dynasty (265-317)
Excavated from a Western Jin Dynasty tomb, I
Collected in Luoyang Museum.

洛阳博物馆藏

赠从弟（其二）

刘　桢

亭亭山上松，瑟瑟谷中风。
风声一何盛，松枝一何劲！
冰霜正惨凄，终岁常端正。
岂不罹凝寒，松柏有本性。

【品读】

　　孔子说："岁寒，然后知松柏之后凋也。"此后，寒冬中的松柏便成为坚贞人格的象征。刘桢此诗以山上之松在风霜严寒中的挺拔与端正，寄语从弟，并点出松柏并非不会被严寒侵害，而是坚定的品性使然。罹（lí），遭受。

| 妻妾向人悲 |

南京博物院藏

杂 诗

孔 融

远送新行客，岁暮乃来归。
入门望爱子，妻妾向人悲。
闻子不可见，日已潜光辉。
孤坟在西北，常念君来迟。
褰裳上墟丘，但见蒿与薇。
白骨归黄泉，肌体乘尘飞。
生时不识父，死后知我谁。
孤魂游穷暮，飘飖安所依。
人生图嗣息，尔死我念追。
俯仰内伤心，不觉泪沾衣。
人生自有命，但恨生日希。

【品读】

孔融为孔子嫡传，东汉末年，军阀混战，民不聊生，"出门无所见，白骨蔽平原"就是对这一时代的写照。孔融一家也未能例外，刚出生不久的幼子尚未见到他，便因饥寒早去。孔融在外奔波多时，返家之日，面对的只有幼子的噩耗，感伤悲凉之极，乃作此诗。

远行返家第一件事便是要见出生不久的爱子，结果却是"妻妾向人悲"。"闻子不可见，日已潜光辉"，写出了爱子在自己生命中的意义。接着，又写幼子对父爱的祈望，"孤坟在西北，常念君来迟"，实际上进一步点明了丧子之痛。褰（qiān）裳，撩起衣服，古人着长衫，急步登坟墓所在，自然要褰裳。但急急赶到后，所看到的只是蒿草白薇，一片凄凉。以下均写痛如之何。最末以天命而收，"人生自有命，但恨生日希"，道出了作为父亲的孔融的无奈与伤楚。飘飖（yáo），随风飘荡。

郭茂倩将此诗与杜甫失幼子诗相比较后，认为："少陵《奉先咏怀》有'入门闻号咷，幼子饥已卒'句，觉此更深可哀。"

| 流响归空房 |

国家博物馆藏

杂 诗

傅 玄

志士惜日短，愁人知夜长。
摄衣步前庭，仰观南雁翔。
玄景随形运，流响归空房。
清风何飘飖，微月出西方。
繁星依青天，列宿自成行。
蝉鸣高树间，野鸟号东厢。
纤云时仿佛，渥露沾我裳。
良时无停景，北斗忽低昂。
常恐寒节至，凝气结为霜。
落叶随风摧，一绝如流光。

【品读】

　　此诗写人生之感悟。有志之士感叹时不我待，愁思之人却只知长夜漫漫。诗人以愁人自比，写下自己夜半无寐，漫步庭院的感悟。摄衣，提起长衫。夜半时分，轻轻漫步庭院，遥望大雁南去。雁南飞，则寒气至，天上神秘的景象正必然地运转着，并不以我的伤感为转移，只余下夜静中的断续声响。清风飘摇，新月弯弯出现在西方，繁星灿然背依青天，二十八宿自成行列。高树间传出蝉鸣，东厢房上也有野鸟嘶号。

　　纤细的白云若有若无，飘零的夜露洒落在身。良辰美景再美好，也不会久久驻足，看吧，北斗之星也开始下转，我所担心的秋冬真要来了。寒节来时，呵气为霜，风扫落叶，一瞬间会把这些美景送入冬季。

| 独坐空堂上 |

四川省博物馆藏

咏怀·独坐空堂上

阮　籍

独坐空堂上，谁可与欢者？
出门临永路，不见行车马。
登高望九州，悠悠分旷野。
孤鸟西北飞，离兽东南下。
日暮思亲友，晤言用自写。

【品读】

　　此诗写孤独之感伤。诗人空堂独坐，无人同乐；出门只见长路漫漫，空无一人；登高远望，也只见九州大地，旷野遥遥。孤鸟从西北飞过，离群的野兽孤零零地由东南下山。日暮乡关何处在，所思亲友均天隔，只有自己写下这相思之情。晤，相见。"晤言用自写"谓自己写下相见之言。李白之"抽刀断水水更流，举杯消愁愁更愁"，其手法当化此伤感而来。

| 起坐弹鸣琴 |

三峡博物馆藏

咏怀·夜中不能寐

阮　籍

夜中不能寐，起坐弹鸣琴。
薄帷鉴明月，清风吹我襟。
孤鸿号外野，翔鸟鸣北林。
徘徊将何见，忧思独伤心。

【品读】

　　内心无端之伤感，最难备述，主人公夜不能寐，坐起抚琴。此时明月高悬，透过薄薄的帷帐，送来秋风习习，凄凉萧索。远野的夜空，孤鸿哀鸣，北林的鸟也被惊醒，鸣叫不已。我心徘徊，无所适从，惟忧思与伤心同在。

　　人生无忧无伤感之情，便非真正人生。喜怒哀乐与恻隐、伤感，都是人生不可缺少的要素，也是生命对外部世界的感知，更是生命存在的价值所在。

| 是非安能觉 |

四川省博物馆藏

拟挽歌辞（三首）

陶渊明

（一）

有生必有死，早终非命促。
昨暮同为人，今旦在鬼录。
魂气散何之，枯形寄空木。
娇儿索父啼，良友抚我哭。
得失不复知，是非安能觉。
千秋万岁后，谁知荣与辱。
但恨在世时，饮酒不得足。

【品读】

　　此挽歌共三首，可视之为陶渊明的死亡三部曲，亦可目之为阴世体验，是难得的参悟人生之作。

　　开题便点出生死的必然，而且很超然地提出早死与晚死，殊途同归，不能怨天，死后一切无存，现实世界中的荣辱得失无人能知。所以，人生在世，莫为功名所累，应达观天然，顺生无为。

| 肴案盈我前 |

六朝博物馆藏

（二）

在昔无酒饮，今但湛空觞。
春醪生浮蚁，何时更能尝？
肴案盈我前，亲旧哭我傍。
欲语口无音，欲视眼无光。
昔在高堂寝，今宿荒草乡。
荒草无人眠，极视正茫茫。
一朝出门去，归来夜未央。

【品读】

写天人两隔的凄凉，此诗为最，真如诗人曾有如此体验。

湛，本意为水深之貌，此处谓将酒注满。觞（shāng），酒杯。醪（láo），酒也。浮蚁，酒初酿成之时，上有糟沫浮在表面，古人称为浮蚁。

| 送我出远郊 |

国家博物馆藏

（三）

荒草何茫茫，白杨亦萧萧。
严霜九月中，送我出远郊。
四面无人居，高坟正嶕峣。
马为仰天鸣，风为自萧条。
幽室一已闭，千年不复朝。
千年不复朝，贤达无奈何。
向来相送人，各自还其家。
亲戚或余悲，他人亦已歌。
死去何所道，托体同山阿。

【品读】

此诗法"驱车上东门"之意，以亡灵自托，写出更深一层的人生感悟。

全诗以模仿"驱车上东门"开篇，荒草茫茫，白杨萧萧，寒霜萧瑟之中，"我"被葬于荒凉远郊。接着，是感伤世态炎凉，"幽室一已闭"便天人永隔，无论贤愚人等，无一例外。送葬者各自返家，继续着正常的生活，亲戚或者还有余悲，但他人已歌舞翩翩。这实际上写出了人生之真谛，对个体的"我"而言，死亡就是世界的末日，是宇宙的终结，而对群体而言，每一个个体的人都是那么的微不足道，都必然地要走上终结并立即被世人遗忘。

诗人的结论是"死去何所道，托体同山阿"，这是一种宗教式的临终自慰，也正是清醒者的痛苦与悲剧所在。

嶕峣（jiāo yáo），高耸貌。

| 开荒南野际 |

四川省博物馆藏

归田园居·少无适俗韵

陶渊明

少无适俗韵,性本爱丘山。
误落尘网中,一去三十年。
羁鸟恋旧林,池鱼思故渊。
开荒南野际,守拙归田园。
方宅十余亩,草屋八九间。
榆柳荫后檐,桃李罗堂前。
暧暧远人村,依依墟里烟。
狗吠深巷中,鸡鸣桑树颠。
户庭无尘杂,虚室有余闲。
久在樊笼里,复得返自然。

【品读】

此诗当是陶渊明的人生自白,也是他的理想宣言。物欲奢华筑就人间樊笼,田园村居使人融于自然,是全诗主题所在,实际上也是自古以来文明进步的二律背反。人类来自自然,存乎自然,是大自然的一分子,但在文明的进步与发展中,又必然越来越远离自然,最终走向异化,筑就难以开启的樊笼。

暧暧,昏暗不明之貌,可理解为依稀。

| 抗言谈在昔

南京博物院藏

移居二首

陶渊明

（一）

昔欲居南村，非为卜其宅。
闻多素心人，乐与数晨夕。
怀此颇有年，今日从兹役。
敝庐何必广，取足蔽床席。
邻曲时时来，抗言谈在昔。
奇文共欣赏，疑义相与析。

（二）

春秋多佳日，登高赋新诗。
过门更相呼，有酒斟酌之。
农务各自归，闲暇辄相思。
相思则披衣，言笑无厌时。
此理将不胜，无为忽去兹。
衣食当须纪，力耕不吾欺。

| 农务各自归 |

河南博物院藏

【品读】

　　此陶渊明移居南村后村居生活之写照。陶氏之隐，并非隐居岩穴，超然物外，而是寻求理想世界的入世。读此诗可知其理想世界之境界，但其中内容当如读《桃花源记》，只是桃花源中方有的胜景，真正的乡村世界未必若此。

　　卜其宅，选其宅。素心，淡泊之心。从兹役，得以实现。抗言，面对面交谈。

| 心远地自偏 |

洛阳博物馆藏

饮酒·结庐在人境

陶渊明

结庐在人境，而无车马喧。
问君何能尔，心远地自偏。
采菊东篱下，悠然见南山。
山气日夕佳，飞鸟相与还。
此中有真意，欲辩已忘言。

【品读】

　　大隐隐于市朝，小隐隐于山野，讲出了淡泊物外的关键在于内心，身在何处并不重要。陶渊明虽归隐乡野，但颇得此意，故言"结庐在人境"，"心远地自偏"。

　　诗中佳句，后人每咏"采菊东篱下，悠然见南山"，但"山气日夕佳，飞鸟相与还"亦天然佳句，只是被上句辉掩而已。王国维在《人间词话》中认为此诗写出了无我之境，他说："无我之境，人惟于静中得之；有我之境，于由动之静时得之。""有我之境，以我观物，故物皆著我之色彩。无我之境，以物观物，不知何者为我，何者为物。"

| 斗酒聚比邻 |

四川省博物馆藏

杂诗·人生无根蒂

陶渊明

人生无根蒂,飘如陌上尘。
分散逐风转,此已非常身。
落地为兄弟,何必骨肉亲。
得欢当作乐,斗酒聚比邻。
盛年不重来,一日难再晨。
及时当勉励,岁月不待人。

【品读】

此诗上承曹操之"对酒当歌,人生几何",下启李白之"人生得意须尽欢,莫使金樽空对月",但最后之感悟却于人生感伤之中,透出一种生命精神,又如"少壮不努力,老大徒伤悲"。

中式之参悟人生,无非得出两种境界:一曰人生几何,及时行乐;二曰时不我待,发愤致志。西式之参悟与之相类,唯多出皈依上帝一项。中土虽亦有宗教,但无信仰,信教者多功利性祈愿,如其愿,则献上"有求必应"大匾,膜拜时,也是为"广种福田",换回报应,因而,仍属时不我待之类。

| 气变悟时易 |

六朝博物馆藏

杂诗·白日沦西阿

陶渊明

白日沦西阿,素月出东岭。
遥遥万里辉,荡荡空中景。
风来入房户,夜中枕席冷。
气变悟时易,不眠知夕永。
欲言无予和,挥杯劝孤影。
日月掷人去,有志不获骋。
念此怀悲凄,终晓不能静。

【品读】

此事虽可归于感遇诗之类,亦是士子们怀才不遇的通常感受,但却让人读出另外一番人生意境,更为宏阔、深邃。

诗式是陶潜习用的三加一模式,先看白日西沉、皓月东升,万里乾坤,清辉荡荡;再叙近处感受,风入门户,瑟瑟寒夜,时节飞去,长夜难挨;又将此景此情落入自身,欲言而无人相和,只有伴孤影独酌,所可伤者,是有志难酬而时光已去;最后,以悲戚难眠而收。

若删去"日月"、"有志"两句,则此诗是美轮美奂、情景交融的抒情小赋,更是耐读。

迢迢百尺楼

河南博物院藏

拟古·迢迢百尺楼

陶渊明

迢迢百尺楼，分明望四荒。
暮作归云宅，朝为飞鸟堂。
山河满目中，平原独茫茫。
古时功名士，慷慨争此场。
一旦百岁后，相与还北邙。
松柏为人伐，高坟互低昂。
颓基无遗主，游魂在何方。
荣华诚足贵，亦复可怜伤！

【品读】

一代隐逸，看疆场征战与庙堂功名更是冷峻，入木三分。

得志之时，山河满目，平原茫茫，似尽握乾坤，独步天下。百岁之后，不论成败英雄，都统统归于荒野坟丘，用不多久，坟旁松柏任人砍伐，甚至坟基荡然，游魂无处安身。故而，诗人感叹"荣华诚足贵，亦复可怜伤"。

让人深思的是，千百年后，一代政治家毛泽东得出了更为深刻的觉悟。他在《贺新郎·读史》一词中感叹道："人世难逢开口笑，上疆场彼此弯弓月。流遍了，郊原血。一篇读罢头飞雪，但记得斑斑点点，几行陈迹。五帝三皇神圣事，骗了无涯过客。"

| 佳人美清夜 |

国家博物馆藏

拟古·日暮天无云

陶渊明

日暮天无云，春风扇微和。
佳人美清夜，达曙酣且歌。
歌竟长叹息，持此感人多。
皎皎云间月，灼灼叶中华。
岂无一时好，不久当如何？

【品读】

乐极生悲，悲在何处？悲在好花不常开、好景不常在，本诗之寓意在此。

大凡世事多在如意不如意之间，如意之时，多为过眼烟云，转瞬而去，昨日的欢娱仅存在于昨日的一时之间，而历来的不如意却总是萦绕着脆弱的人生。归根到底，人生就是一大不如意。

| 颜回故人车 |

国家博物馆藏

读《山海经》

陶渊明

孟夏草木长,绕屋树扶疏。
众鸟欣有托,吾亦爱吾庐。
既耕亦已种,时还读我书。
穷巷隔深辙,颇回故人车。
欢言酌春酒,摘我园中蔬。
微雨从东来,好风与之俱。
泛览《周王传》,流观《山海图》。
俯仰终宇宙,不乐复何如?

【品读】

名为读《山海经》,实则田园隐居生活之写照。孟夏,初夏也。扶疏,枝叶茂盛。深辙,谓高大之车所留车辙,此喻达贵高官,言穷乡僻壤,天然阻隔了达贵故交的造访。《周王传》当谓《穆天子传》。《山海图》即《山海经》。此两书多言神仙故事,超然物外,诗人借此以喻心志"俯仰终宇宙",谓自己已与天地自然融为一体,故"不乐复何如"。

此诗之妙处在"微雨从东来,好风与之俱",虽只是状景,但其中心境,足以激活全篇。

安能行叹复坐愁

国家博物馆藏

拟行路难·泻水置平地

鲍　照

泻水置平地，各自东西南北流。
人生亦有命，安能行叹复坐愁？
酌酒以自宽，举杯断绝歌路难。
心非木石岂无感，吞声踯躅不敢言。

【品读】

鲍照属于怀才不遇而又壮怀激烈者。此诗是叹命之作，感叹命运之无奈，声明自己要顺其自然，但骨子里透着的却还是不甘又不甘。

人生如水流平地，各自东西南北，命中注定的归宿不可改变，何必行也叹息，坐也叹息？醉酒宽心，举杯莫再感叹什么人生之路有多难。

诗人最后两句点出真正的内心感受，耐人玩味：对如此命运，我心非木石，怎能没有感受，只是慑于天命，忍气吞声而已。传统士子的两面人格，体现得淋漓尽致。

沈德潜评论道："妙在不曾说破，读之自然生愁。起手无端而下，如黄河落天走东海也。若移在中间，犹是恒调。"

| 朝出与亲辞 |

三峡博物馆藏

拟行路难·对案不能食

鲍 照

对案不能食,拔剑击柱长叹息。
丈夫生世会几时,安能蹀躞垂羽翼?
弃置罢官去,还家自休息。
朝出与亲辞,暮还在亲侧。
弄儿床前戏,看妇机中织。
自古圣贤尽贫贱,何况我辈孤且直!

【品读】

此诗也是写怀才不遇的伤感,前后两个部分,前半部分写怀才不遇,后半部分写隐居弃官的回应。

案,几案,桌也。蹀躞(dié xiè),小步缓行之状。

怀才不遇,壮志难酬,寝食不安,甚至于拔剑击柱。人生苦短,哪能轻易地垂下羽翼,不去追求鹏程万里。

不甘又如何,还是罢官还家,一门上下,其乐融融。但作者追求的并不是这种天伦之乐,最后收尾的两句,还是又透出了他的不甘心:自古圣贤尽贫贱,更何况我等孤傲率直。

古来士子归隐多属此类,他们是得志则仕,不得志则隐,隐只是手段,"隐居以达其志",并非真的会寄意于山水之间,人伦之际。他们命中的归宿就是功成名就,荣华富贵,无休无止地奋斗,为此而捐弃全部人生。沈德潜早已点破此类人物,他在此诗下注道:"家庭之乐,岂宦游可比,明远乃亦不免俗见耶。江淹《恨赋》亦以左对孺人,顾弄稚子为恨,功名中人,怀抱尔尔。"

| 陶击鼓说唱俑 |

洛阳博物馆藏

登黄鹤矶

鲍　照

木落江渡寒，雁还风送秋。
临流断商弦，瞰川悲棹讴。
适郢无东辕，还夏有西浮。
三崖隐丹磴，九派引沧流。
泪竹感湘别，弄珠怀汉游。
岂伊药饵泰，得夺旅人忧。

【品读】

　　风物之作，写的悲怆有力。
　　商弦，清商之曲，多哀怨。棹，船桨。讴，歌谣。棹讴，船桨摇动所发出的声音。郢，即郢城，在黄鹤矶之东。辕，车辕。夏，即夏口，在黄鹤矶之西。浮，谓船也。三崖，黄鹤矶附近的三座山崖，磴（dèng），石阶。此谓三座山崖若隐若现，只有红色台阶十分醒目。九派，武汉一带，九条江河汇入长江，称九派。

| 缘念共无已 |

西安博物馆藏

赠傅都曹别

鲍 照

轻鸿戏江潭，孤雁集洲沚。
邂逅两相亲，缘念共无已。
风雨好东西，一隔顿万里。
追忆栖宿时，声容满心耳。
落日川渚寒，愁云绕天起。
短翮不能翔，徘徊烟雾里。

【品读】

江潭，江中深水处。洲沚（zhǐ），水上陆地，与川渚同义。

此赠别诗写得寥廓、大气，不是哀怨无奈，而是将诀别之心绪融入大千世界。风烟鸿雁，万物有情，诗人自比飞鸟，苦于羽翼之短，难以冲天而去，只能徘徊烟雾之中。

| 思君末光光已灭

洛阳博物馆藏

秋思引

汤惠休

秋寒依依风过河,白露萧萧洞庭波。
思君末光光已灭,眇眇悲望如思何!

【品读】

秋风秋思历来相伴,此诗将一位女子秋日思君之情刻画得淋漓尽致。

秋风寒色飘动在河面,白露萧萧连起洞庭湖面的苍茫。一位佳人,在水一方,落日余晖中,希望之光黯然而去,她却仍在极目远望,再远望。

秋风白露,系由《诗经·蒹葭》而来:"蒹葭苍苍,白露为霜。所谓伊人,在水一方。"末光,落日余光。眇(miǎo)眇,远望。

| 愁君未知

国家博物馆藏

青溪小姑歌

吴　均

日暮风吹，叶落依枝。
丹心寸意，愁君未知。

【品读】

　　绝妙隽永小诗，短短十六言，写出落寞无限。添一字便觉冗俗，减片言即成残缺。

| 君归芳已歇 |

四川省博物馆藏

王孙游

谢　朓

绿草蔓如丝，杂树红英发。
无论君不归，君归芳已歇。

【品读】

此诗当本于《楚辞·招隐士》："王孙游兮不归，春草生兮萋萋。""无论"即"莫说"。怀春之作与闺怨之诗，当本其源。以花开当时，春芳难留，作相思之述怀，是传统诗人之永恒主题，古来唱和者多矣，但无出楚辞之右者，多为其演绎而已。谢朓此诗，演绎之处乃是柔情中的闺怨，"无论君不归，君归芳已歇"，实开后世闺怨怨风之先河。

长夜缝罗衣

南京博物院藏

玉阶怨

谢　朓

夕殿下珠帘，流萤飞复息。
长夜缝罗衣，思君此何极。

【品读】

　　长夜漫漫，思君之情化作手中针线，细细为君缝织。外面夕阳斜下，珠帘挂起，继而萤火虫飞起，星星点点，夜深时分，万籁皆静，只有屋内仍是那幅思君夜织图。

| 千里常思归 |

四川省博物馆藏

临高台

谢　朓

千里常思归，登台临绮翼。
才见孤鸟还，未辨连山极。
四面动清风，朝夜起寒色。
谁知倦游者，嗟此故乡忆。

【品读】

绮翼，作者所登高台之亭檐也。连山，连绵之群山，极，边际也。

登高而起乡思，临高远望是思乡之作的常用格式。此诗以登高后所见所感阐发乡思之绵绵，令人动容。

| 徘徊东陌上 |

陕西省博物馆藏

同王主簿有所思

谢 朓

佳期期未归,望望下鸣机。
徘徊东陌上,月出行人稀。

【品读】

此诗为思夫之作。预定的归期也是在家苦守的怨妇之佳期,期待的佳期已到,可相思的夫君未至。怅望之极而停下了织机,在东边道旁缓缓张望。夜色已临,月出行人稀。后两句虽只写景,但饱含离情,胜过直抒相思之苦。

| 夜夜空伫立 |

洛阳博物馆藏

秋 夜

谢 朓

秋夜促织鸣,南邻捣衣急。
思君隔九重,夜夜空伫立。
北窗轻幔垂,西户月光入。
何知白露下,坐视阶前湿。
谁能长分居,秋尽冬复及!

【品读】

　　相思之情,急切明快;秋夜漫漫,白露为霜。这又是一首无怨无悔的闺怨诗。

| 分貔天险石 |

河南博物院藏

游太平山

孔稚圭

石险天貌分,林交日容缺。
阴涧落春荣,寒岩留夏雪。

【品读】

短短二十言,写出了太平山的险峻、阴森。峭崖壁立,分开天际,密林森森,难见日容。崖上春花洒落深涧,炎夏时分,寒岩仍是积雪重重。

| 节士慷慨发冲冠 |

六朝博物馆藏

临江王节士歌

陆 厥

木叶下，江波连，秋月照浦云歇山。
秋思不可裁，复带秋风来。
秋风来已寒，白露惊罗纨。
节士慷慨发冲冠，弯弓挂若木，长剑竦云端。

【品读】

以秋叶秋思秋风白露衬托出这位王节士慷慨悲歌、勇冠雄浑的气势，从军征戍之作，此诗第一。秋思往往伴忧伤绵绵，作者在音节节奏上的急促、苍劲，却使秋日的寒气渲染出王节士的豪迈。最后，"弯弓挂若木，长剑竦云端"，简直就是豪气冲天的不二造型。

若木，传说中的通天之树。

| 欲识离人悲 |

南京博物院藏

别 诗

张 融

白云山上尽,清风松下歇。
欲识离人悲,孤台见明月。

【品读】

　　白云山上尽,写出天高寥廓;清风松下歇,画出萧瑟秋凉。此景此情,孤身吊影,高台独处,抬望明月之悬,离别之情,岂不悲哉!

| 寄与陇头人 |

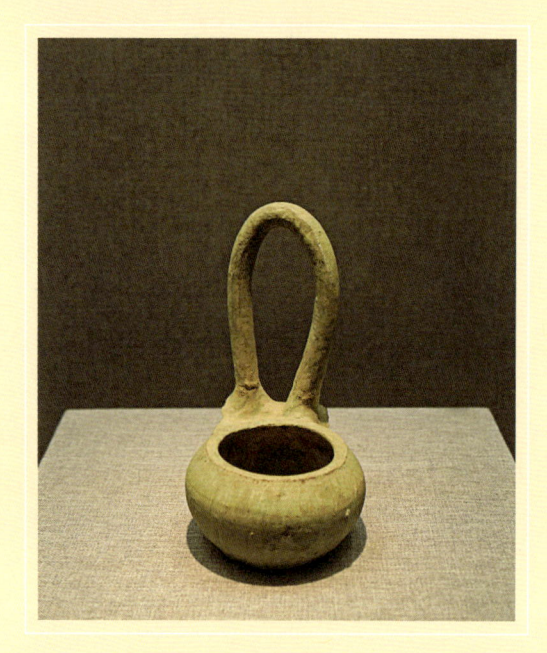

洛阳博物馆藏

赠范晔诗

陆 凯

《荆州记》曰：凯与范晔交善，自江南寄梅花一枝与晔，兼赠诗曰：

> 折梅逢驿使，寄与陇头人。
> 江南无所有，聊赠一枝春。

【品读】

此范晔即《后汉书》的作者，居于陇右。驿使，驿站间行走的送达各类官方文书的使者。此诗的妙处在"一枝春"，将折梅寄诗人的心情表达殆尽。若径直写为"聊赠一枝梅"，则天上地下，不可同日而语矣。

| 莫作瓶落井 |

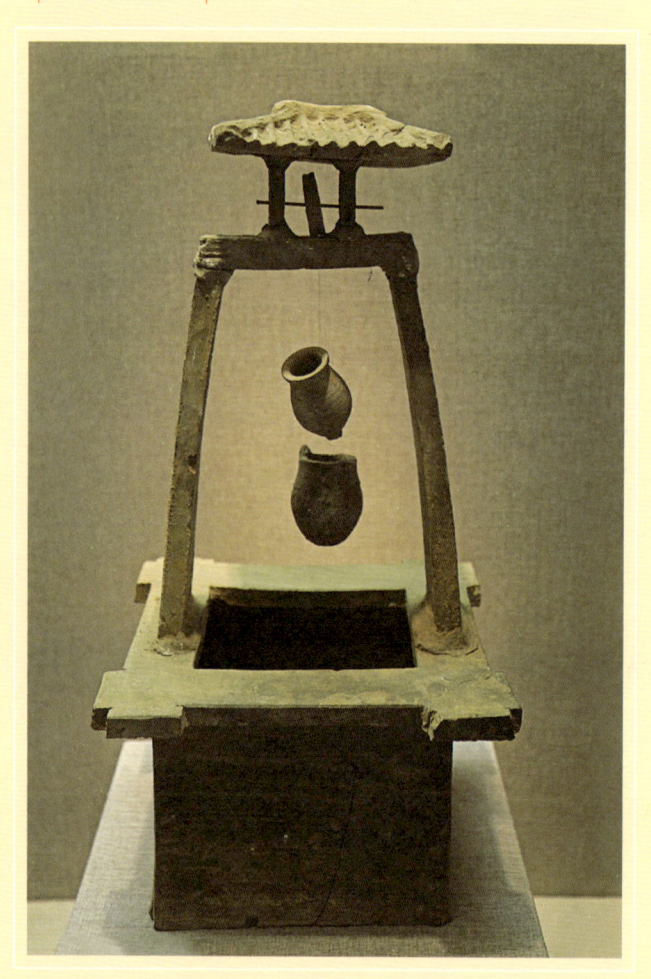

洛阳博物馆藏

估客乐（二首）

释宝月

（一）

郎作十里行，侬作九里送。
拔侬头上钗，与郎资路用。

（二）

有信数寄书，无信心相忆。
莫作瓶落井，一去无消息。

【品读】

　　估客，商人也，四处行走，往往经年不还，故闺怨之作多由此而生。前一首诗写女子之痴情，十里行，九里送，写依依不舍；头上钗，资路用，则写倾心相爱。后一首写离别之后女子之忧思。思即相忆，忧则是忧其另有新欢，再不回返。以"瓶落井"喻夫君之不返，直白、贴切，非民间乐府不可得也。

| 情来共相忆 |

四川省博物馆藏

临高台

萧　衍

高台半行云，望望高不极。
草树无参差，山河同一色。
仿佛洛阳道，道远难别识。
玉阶故情人，情来共相忆。

【品读】

　　高台，应是高山，而非楼台，诗中称高台耸立于行云之中，又是望去高无极。所以，登高远眺，便见草树茫茫，山河一色，难以分辨。更难得的是由登高远眺之景，很自然地转接到相思之情，天然无痕。

| 城高短箫发 |

国家博物馆藏

折杨柳

萧 纲

杨柳乱成丝,攀折上春时。
叶密鸟飞碍,风轻花落迟。
城高短箫发,林空画角悲。
曲中无别意,并是为相思。

【品读】

此折杨柳写新春之意,前四句写景,后四句写情。八句之中,有"风轻花落迟"堪称隽绝,但前后两个部分却嫌生硬,并未情景交融。不过,得一佳句,此诗亦可传颂矣。

| 寒夜猿声彻 |

三峡博物馆藏

折杨柳

萧　绎

巫山巫峡长，垂柳复垂杨。
同心且同折，故人怀故乡。
山似莲花艳，流如明月光。
寒夜猿声彻，游子泪沾裳。

【品读】

　　此诗音节明快，一如流水，有论者认为"竟是五言近体矣"。

　　折柳之俗古时有两种含义：其一是孟春新柳初发，折之以闹春，少年孩童为之；其二是折柳送别。本诗之折杨柳乃思乡之作，当化前一种含义而来，思念往日在故乡少小时节折柳嬉戏也。

| 孤灯暖不明 |

南京博物院藏

夜夜曲

沈 约

河汉纵且横,北斗横复直。
星汉空如此,宁知心有忆?
孤灯暧不明,寒机晓犹织。
零泪向谁道,鸡鸣徒叹息。

【品读】

寒夜孤灯之思,几成诗人永恒的主题。此诗以天上星宿更移写时光流转,又以孤灯、寒机点出主人公之孤寂难耐,简洁明了,一咏三叹。"寒机"之"机"为织机。

| 望远使人愁 |

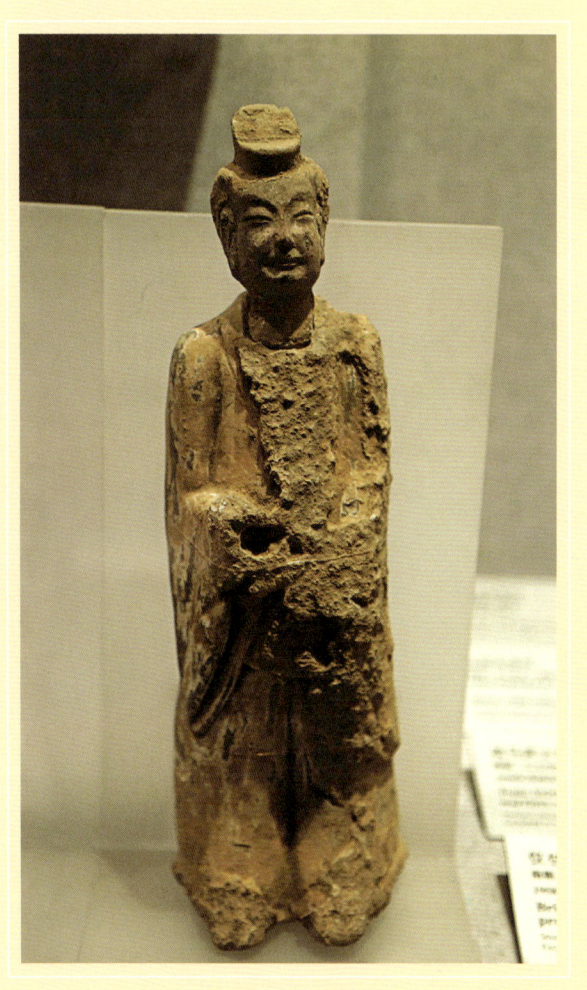

河南博物院藏

临高台

沈　约

高台不可望，望远使人愁。
连山无断绝，河水复悠悠。
所思竟何在？洛阳南陌头。
可望不可见，何用解人忧？

【品读】

　　登高远望，愁思绵绵。虽然诗中言洛阳南陌头之人是所思者，但从"连山无断绝，河水复悠悠"我们却可以读出天地苍茫间的人生之忧叹，亦即"念天地之悠悠，独怆然而涕下"。

| 长作经时别 |

洛阳博物馆藏

别　诗

范　云

洛阳城东西，长作经时别。
昔去雪如花，今来花似雪。

【品读】

　　别诗写得如此天然成趣，难得。沈德潜评论道："自然得之，故佳。后人学步，便觉有意。"

| 天末孤烟起 |

六朝博物馆藏

之零陵郡次新亭

范　云

江干远树浮，天末孤烟起。
江天自如合，烟树还相似。
沧流未可源，高帆去何已。

【品读】

作者赴零陵途中驻泊新亭，写下此诗。新亭岸边，远望长江，浩淼遥遥；远树、孤烟、江天交合，无法穷其究竟；浩浩洋洋，不知其何以来；云帆高挂，不知可行至何处。写大江者，此等气势，恢宏阔达，无人可及。

| 潇湘逢故人 |

六朝博物馆藏

江南曲

柳 恽

汀洲采白蘋,日暖江南春。
洞庭有归客,潇湘逢故人。
故人何不返?春华复应晚。
不道新知乐,只言行路远。

【品读】

汀洲,水中小块陆地。蘋(pín),浅水生植物。

此诗先叙采蘋之女子巧遇来自洞庭的归客,此人恰又曾巧遇女子之丈夫。后半段则写女子之黯然神伤,且认为丈夫在外地另有新欢,路远难回只是托词而已。

| 怀悲空满目 |

西安博物馆藏

答柳恽

吴 均

清晨发陇西,日暮飞狐谷。
秋月照层岭,寒风扫高木。
雾露夜侵衣,关山晓催轴。
君去欲何之,参差间原陆。
一见终无缘,怀悲空满目。

【品读】

　　一见而别,虽倾盖如故,但无缘久叙,只能看着友人远去。以远去之行程,写相互别离之愁绪,别成一格。催轴,催促车驾也。轴,车轴。原陆,西北荒漠中的绿洲,此言西行之艰辛。

| 云从窗里出 |

四川省博物馆藏

山中杂诗

吴　均

山际见来烟，竹中窥落日。
鸟向檐上飞，云从窗里出。

【品读】

　　山际竹丛之中，幽居白云侧畔。《古诗源》谓此诗"四句写景，自成一格"，其实是道尽超凡脱俗的清幽，是写仙写隐，天人一体。

| 何时同促膝 |

南京博物院藏

临行与故游夜别

何 逊

历稔共追随,一旦辞群匹。
复如东注水,未有西归日。
夜雨滴空阶,晓灯暗离室。
相悲各罢酒,何时同促膝。

【品读】

  此诗不是送别,而是离别者的离愁。送别之作多矣,离别之作颇难。前两句历数与故交旧友的共同生活,点出独身一人远离故交之题。结句则是何日再相见的感叹。"夜雨滴空阶"是全诗精华所在。

| 孤游重千里 |

国家博物馆藏

相 送

何 逊

客心已百念,孤游重千里。
江暗雨欲来,浪白风初起。

【品读】

先写相送相别之情,又以风雨欲来更著内心之孤伤。平铺直白中,透出层层密密的惜别之情。

| 独守故园秋 |

国家博物馆藏

与胡兴安夜别

何　逊

居人行转轼,客子暂维舟。
念此一筵笑,分为两地愁。
露湿寒塘草,月映清淮流。
方抱新离恨,独守故园秋。

【品读】

送客者也就是诗中的居人本已驾车而回,却又转头,客人也暂且系上舟船,聊设薄筵,把酒话别。此诗的格调在"露湿寒塘草,月映清淮流"上,平常的风景中,染上了浓浓的惜别之情。

| 江上望归舟 |

国家博物馆藏

慈姥矶

何逊

暮烟起遥岸,斜日照安流。
一同心赏夕,暂解去乡忧。
野岸平沙合,连山远雾浮。
客悲不自已,江上望归舟。

【品读】

　　明是写景,实为乡愁之作。夕阳江岸暮烟平沙,怅望远雾归舟,乡愁难解。情与景浑然一体,难得的一幅暮江乡思图。

凄切嘹唳伤夜情

南京博物院藏

寒夜怨

陶弘景

夜云生，夜鸿惊，凄切嘹唳伤夜情。
空山霜满高烟平，铅华沉照帐孤明。
寒月微，寒风紧。愁心绝，愁泪尽。
情人不胜怨，思来谁能忍？

【品读】

此闺怨诗之上品。嘹唳（liáo lì），凄厉哀鸣之声。铅华，面部之妆。此诗先写夜云之下悲鸿之哀鸣。又写空山寒烟，佳人独处空帐。再写寒月寒风之中愁思之心。虽为南朝之诗，却有唐词之风，可与白居易之《长相思》对读：

"汴水流，泗水流，流到瓜洲古渡口，吴山点点愁。思悠悠，恨悠悠，恨到归时方始休，月明人倚楼。"

惟此诗作者隐逸山中，不知是其空寂之自述否？

| 只可自怡悦 |

四川省博物馆藏

诏问山中何所有赋诗以答

陶弘景

山中何所有？岭上多白云。
只可自怡悦，不堪持寄君。

【品读】

　　陶弘景为南朝高人，炼丹山中，为道教之重要代表人物。南朝萧齐王朝之高帝下诏欲征其入朝为官，诏中问山中何所有，劝其早早入朝。此诗即陶弘景的回复。

　　诗风之飘逸、诗格之清新，均化其超然物外之心而来，看似轻松对话，实则已达从心所欲之境。

| 戍人寒不望 |

南京博物院藏

和傅郎岁暮还湘州

阴　铿

苍茫岁欲晚，辛苦客方行。
大江静犹浪，扁舟独且征。
棠枯绛叶尽，芦冻白花轻。
戍人寒不望，沙禽迥未惊。
湘波各深浅，空轸念归情。

【品读】

　　岁末还在辛苦远行，层层叠叠，把人生之辛苦，刻画得入木三分。征，出行。绛叶，红叶。空轸，空荡荡的马车。轸，车上扶轼，代指车。

| 长望倚河津 |

国家博物馆藏

江津送刘光禄不及

阴　铿

依然临送渚，长望倚河津。
鼓声随听绝，帆势与云邻。
泊处空余鸟，离亭已散人。
林寒正下叶，钓晚欲收纶。
如何相背远，江汉与城闉。

【品读】

　　江边渡口送别，诗人未能及时赶到，自水岸远望，帆影已远，岸边空无一人。秋风寒气，落叶萧萧，钓鱼翁也在暮色中收起了钓线。为何如此渐离渐远，你的城郭和我横亘着茫茫江汉。闉（yīn），城门外的瓮城。城闉即城郭。

| 从军复几年 |

南京博物院藏

关山月

徐 陵

关山三五月，客子忆秦川。
思妇高楼上，当窗应未眠。
星旗映疏勒，云阵上祁连。
战气今如此，从军复几年？

【品读】

三五月，三五一十五之月，即十五月圆之时，远戍之人自然偏忆故乡。客子，旅居异地之人。秦川，关中平原。星旗，即星宿中主战之星旗星。疏勒，西域之地，在今新疆疏勒。祁连，此指天山。疏勒、祁连，均为古时征战之地。

本诗简洁、明快，虽写征夫怨妇，但不失从军诗之节拍，其内容随心境而变幻，颇有现代意识流之意。前两句写思乡之戍卒，三四句转至思夫之怨妇，五六句又写战事之不休，最后归之于归期之遥遥，从军之无奈。

| 焉知隐与仙 |

洛阳博物馆藏

留赠山中隐士

周弘让

行行访名岳,处处必留连。
遂至一岩里,灌木上参天。
忽见茅茨屋,暧暧有人烟。
一士开门出,一士呼我前。
相看不道姓,焉知隐与仙。

【品读】

　　寻幽访胜,写的平实、自然。虽是写两位隐士之脱尘,却道出了诗人自己的追求与向往。王维之"松下问童子,言师采药去。只在此山中,云深不知处"写的也是这种境界。

| 还作故乡声 |

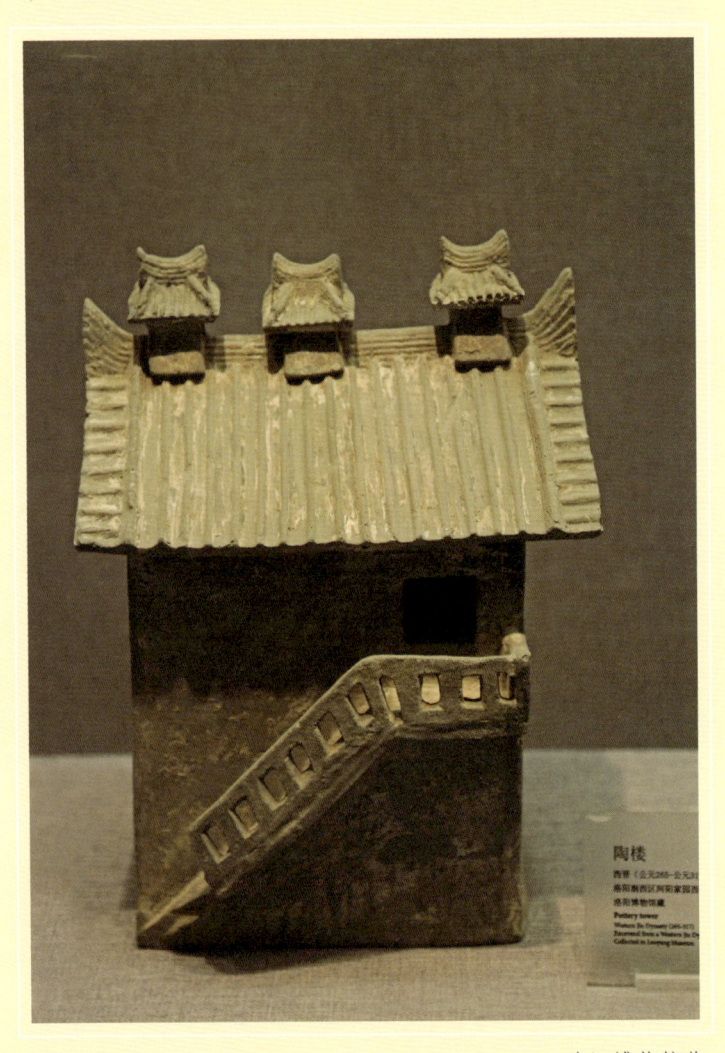

洛阳博物馆藏

长安听百舌

韦　鼎

万里风烟异，一鸟忽相惊。
那能对远客，还作故乡声。

【品读】

　　长安客居，忽闻百舌鸟之鸣竟是乡音。面对远方看客，如何触作乡声？明是嗔怪，其实是伤感不已。思乡之诗，此是另辟蹊径者。

| 送欢板桥湾 |

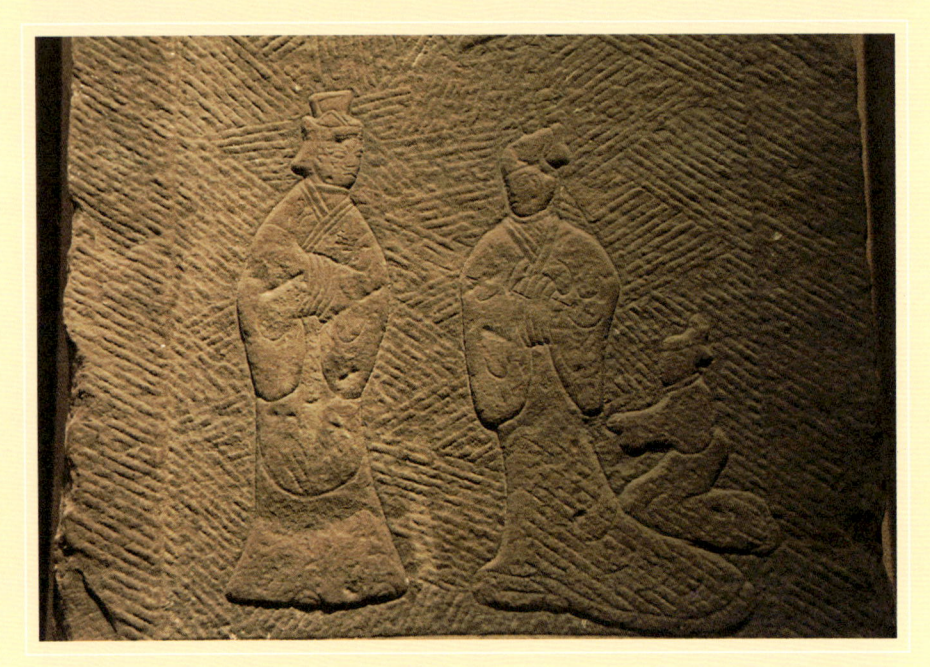

四川省博物馆藏

三洲歌

无名氏

送欢板桥湾,相待三山头。
遥见千幅帆,知是逐风流。

【品读】

　　此送别诗写出了相离之苦,又写出了相思之无奈,欲说还休,欲送还止,直恐郎君远走逐风流而去。乃送别的另类之作。

| 吹我罗裳开 |

国家博物馆藏

子夜四时歌

无名氏

春歌

春林花多媚，春鸟意多哀。
春风复多情，吹我罗裳开。

夏歌

青荷盖渌水，芙蓉葩红鲜。
郎见欲采我，我心欲怀莲。

秋歌

秋风入窗里，罗帐起飘扬。
仰头看明月，寄情千里光。

冬歌

渊冰厚三尺，素雪覆千里。
我心如松柏，君情复何似？

【品读】

渌（lù），清澈。葩（pā），花。此子夜四时歌实际是十分完美的四季恋歌，或可目为爱情四部曲。所选春歌写少女情愫，夏歌写两心相悦，秋歌写相别相思，冬歌写天长地久。

| 侬作北辰星 |

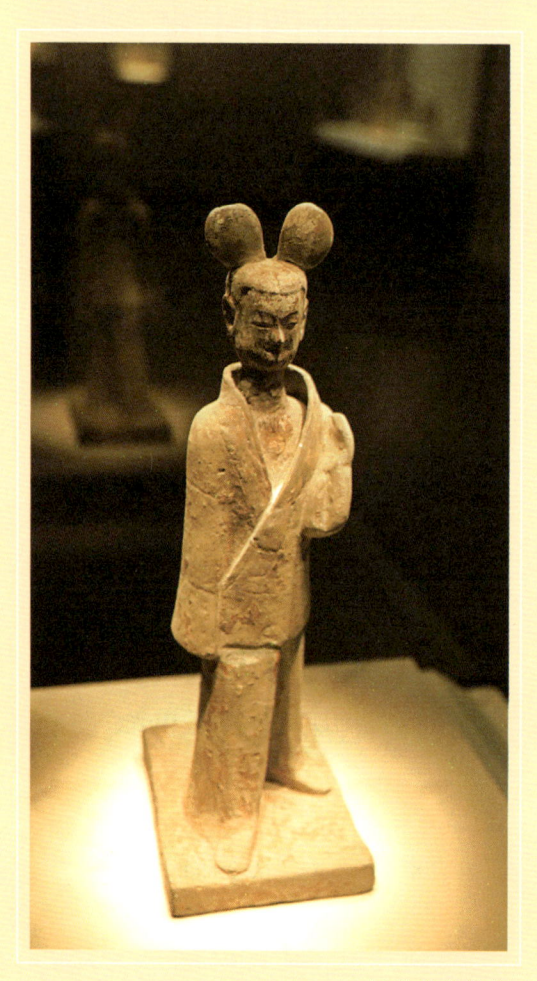

国家博物馆藏

子夜歌（之一）

无名氏

侬作北辰星，千年无转移。
欢行白日心，朝东暮还西。

【品读】

　　北辰，即北极星，四季不变。此将郎君比作白日，朝东暮西，而将自己拟作北极，千年不变。亘古之情，为何总是如此体现？

| 虚应空中诺 |

四川省博物馆藏

子夜歌（之二）

无名氏

夜长不得眠，明月何灼灼。
想闻欢唤声，虚应空中诺。

【品读】

灼灼，亮闪之貌。明月寒光，竟夜长思，臆闻相呼，喃喃而应。相忆之苦，跃然而出。

| 已行一千三 |

国家博物馆藏

江陵去扬州

无名氏

江陵去扬州,三千三百里。
已行一千三,所有二千在。

【品读】

在,余也,"所有二千在",谓只余两千里。清代诗人王士禛《分甘余话》卷云:"乐府《江陵去扬州》一首,愈俚愈妙,然读之未有不失笑者。余因忆再使西蜀时,北归次新都,夜宿,闻诸仆偶语曰:'今日归家,所余道里无几矣,当酌酒相贺也。'一人问所余几何,答曰:'已行四十里,所余不过五千六百九十里耳。'余不觉失笑,而怅然有越乡之悲。此语虽谑,乃得乐府之意。"

| 探手抱腰看 |

西安博物馆藏

莫愁乐

无名氏

闻欢下扬州,相送楚山头。
探手抱腰看,江水断不流。

【品读】

探手,伸手也。此诗写一女子与郎君楚山相送,待下山乘船之际,伸手抱住郎君之腰,侧身望去,大江之水竟然断流。这是幻觉,更是女子之心愿,情景交融,虚实相映,刻画出一可爱女子之痴情。

| 相送江津弯 |

国家博物馆藏

那呵滩

无名氏

闻欢下扬州，相送江津弯。
愿得篙橹折，交郎到头还。

【品读】

　　津渡相送，依依难舍，痴情女子甚至默默许愿，让船篙桨橹折断吧，让我的心上人掉头还乡。非亲情亲历，不可能有如此真切之感。孔子言"诗言志"，其志即心臆胸怀也，真正好诗，大率由此而来。

| 雪溜添春浦

六朝博物馆藏

棹歌行

魏 收

雪溜添春浦，花水足新流。
桃发武陵岸，柳拂武昌楼。

【品读】

　　雪溜，雪融之水流。花水，落花之春水。武陵，今湖南常德，陶渊明《桃花源记》即言一武陵人随水前行，而至桃花源。武昌，今湖北武汉，晋时陶侃镇守此地时，有属下盗柳植于他处，被陶侃认出，实谓其喜柳也。此诗中武陵之桃花与武昌之柳均为泛指，可领悟春满大地之状，不必拘泥于某处。此诗四句四景，残雪消融，落花春水，岸边桃红，楼侧柳色。读吟过后，便见春色盎然。

| 阳关万里道 |

陕西省博物馆藏

重别周尚书

庚 信

阳关万里道,不见一人归。
惟有河边雁,秋来南向飞。

【品读】

　　此别诗写得太过苍凉。阳关,自关中西去西域之要塞。自阳关的送别之作多矣,但如此诗之低沉,却不多见。先言阳关之外的漫漫长途,无人能返,又追加一句只有河边大雁,秋去南回。此等送别,实是诅咒一般。

　　读读王维的阳关送别:"渭城朝雨邑轻尘,客舍青青柳色新。劝君更尽一杯酒,西出阳关无故人。"便可知此诗之悲凉。

| 肠断陇头歌 |

三峡博物馆藏

渡河北

王　褒

秋风吹木叶，还似洞庭波。
常山临代郡，亭障绕黄河。
心悲异方乐，肠断陇头歌。
薄暮临征马，失道北山阿。

【品读】

戍征之诗，往往是金甲铁马，慷慨悲壮，但此诗却是别情依依，迷惑不安。看秋风落叶，联想起故乡洞庭之波，到了边城之常山、代郡，戍守之亭台、城墙绕河蜿蜒，诗人感受到的也不是征战的冲动。而是因他乡之乐、陇头之歌而引发的深深感伤。做完这些层层铺垫，点出诗人作为戍征者的迷惑与彷徨：日落时分，薄暮笼罩征马，北山之麓不知何去何从。

| 怅望穷此晨 |

四川省博物馆藏

早发扬州还乡邑

孙万寿

乡关不再见,怅望穷此晨。
山烟蔽钟阜,水雾隐江津。
洲渚敛寒色,杜若变芳春。
无复归飞羽,空悲沙塞尘。

【品读】

此诗为离乡之作,乡情之浓烈,跃然而出。"钟阜"谓高地,此指山陵。津,渡口。作者由扬州出发当是水路乘船。洲、渚均为水中小岛。杜若,一种初春始发的香草。

诗人重点写离情,虽刚刚启程,却又染上了重重的乡愁,离情乡愁,重重叠叠,结局却是大漠远戍的遥遥无归,更是平添了万千愁绪。

| 学宦两无成 |

国家博物馆藏

东归在路率尔成咏

孙万寿

学宦两无成,归心自不平。
故乡尚万里,山秋猿夜鸣。
人愁惨云色,客意惯风声。
羁恨虽多绪,俱是一伤情。

【品读】

诗写失意,却无失落之伤悲,而是写出了内心最深处的乡愁。伤情之美,凄楚冷艳,更能触动心灵。

| 当歌寂不喧 |

国家博物馆藏

别周记室

王　胄

五里徘徊鹤，三声断绝猿。
何言俱失路，相对泣离樽。
别路凄无已，当歌寂不喧。
贫交欲有赠，掩涕竟无言。

【品读】

此别离之情写得含蓄、深切。鹤（hè），同"鹤"。"五里"句写鹤之徘徊，不肯离群。"三声"句系借用"猿鸣三声断人肠"，喻离情之凄伤。失路，本指迷路，此指官场失意。此时别离，一樽分离之酒，更是相对而泣。

| 送客汉川东 |

国家博物馆藏

别宋常侍

尹 式

游人杜陵北,送客汉川东。
无论去与住,俱是一飘蓬。
秋鬓含霜白,衰颜倚酒红。
别有相思处,啼鸟杂夜风。

【品读】

　　此别诗写得洒脱、飘逸。杜陵为长安南郊胜游之地,此处游赏者,送客远行者,行者与住者,其实并无区别,人生本来就是江上飘蓬,不知今夕何处,不知何时湮没,只有四处飘零。临秋末晚,霜雪上头不可避免,面部的衰老也只有靠酒后的红润调节。

　　"啼鸟杂夜风",其实是坟墓夜色,也是诗人笔下的另一个相思之处。

| 飘零似客心 |

南京博物院藏

落 叶

孔绍安

早秋惊落叶,飘零似客心。
翻飞未肯下,犹言惜故林。

【品读】

古来写落叶诗多矣,但多是共萧瑟秋风,肃杀一片。这首落叶小诗只写早秋时分偶然飘落的一枚小叶,于细微处见大洞天。早秋陨叶点出一种格外的伤悲,"翻飞未肯下"则深化出生命之凄美。生之美在于生也有涯,若无春秋交替、生死转回,世界会茫然混沌,无声无息,遑论美丑高下。

| 春江花月夜 |

陕西省博物馆藏

春江花月夜

杨　广

暮江平不动,春花满正开。
流波将月去,潮水带星来。

【品读】

　　此诗作者为隋炀帝杨广。写黄昏中的大江平静浩洋,岸边春花灿烂。转瞬之间,月色随江波而去,潮水带繁星升空。天上地下浑然一体,既有含蕴山河的胸襟,又有出神入化的淡定。一代暴君,缘何能有如此胸怀?

| 敕勒川 阴山下 |

陕西省博物馆藏

敕勒歌

无名氏

敕勒川，阴山下，天似穹庐，笼盖四野。
天苍苍，野茫茫，风吹草低见牛羊。

【品读】

此诗似一桢黑白风景照片，白描出塞外草原之宏阔。上联写天地之无垠，浑透深远；下联以游走其间之畅风，点出一片生机。也有人读出其中的天地英雄之气，元好问《论诗绝句》评此诗道："慷慨歌谣绝不传，穹庐一曲本天然。中州万古英雄气，也到阴山敕勒川。"王国维《人间词话》评道："写景如此，方为不隔。"

不知木兰是女郎

洛阳博物馆藏

木兰诗

无名氏

　　唧唧复唧唧，木兰当户织。不闻机杼声，惟闻女叹息。问女何所思，问女何所忆。女亦无所思，女亦无所忆。昨夜见军帖，可汗大点兵。军书十二卷，卷卷有爷名。阿爷无大儿，木兰无长兄。愿为市鞍马，从此替爷征。

　　东市买骏马，西市买鞍鞯。南市买辔头，北市买长鞭。旦辞爷娘去，暮宿黄河边。不闻爷娘唤女声，但闻黄河流水鸣溅溅。旦辞黄河去，暮至黑山头。不闻爷娘唤女声，但闻燕山胡骑鸣啾啾。

　　万里赴戎机，关山度若飞。朔气传金柝，寒光照铁衣。将军百战死，壮士十年归。

　　归来见天子，天子坐明堂。策勋十二转，赏赐百千强。可汗问所欲，木兰不用尚书郎。愿驰千里足，送儿还故乡。

　　爷娘闻女来，出郭相扶将。阿姊闻妹来，当户理红妆。小弟闻姊来，磨刀霍霍向猪羊。开我东阁门，坐我西阁床。脱我战时袍，著我旧时裳。当窗理云鬓，对镜帖花黄。出门看火伴，火伴皆惊忙。同行十二年，不知木兰是女郎。

　　雄兔脚扑朔，雌兔眼迷离。双兔傍地走，安能辨我是雄雌？

【品读】

　　此诗是古来最具影响力的叙事诗之一，质朴畅达，且情趣横生。识完生字，顺读便可。

　　唧唧，织机声。军帖，征兵的帖文。阿爷，即父亲。市鞍马，买鞍马。鞯（jiān），鞍下之垫。辔（pèi），辔头，马笼头。戎机，军机，此指战场。柝（tuò），军中所用刁斗，似锅，可煮饭，又可打更。策勋，授勋。十二转，谓多也。火伴，即伙伴，古代军队曾流行十人为一火的编制，因此，军中同火之人多称火伴。花黄，将黄纸剪做各种花样，可贴于女子额上为饰。

| 寒不能语

西安博物馆藏

陇头歌辞

无名氏

陇头流水,流离山下。
念吾一身,飘然旷野。

朝发欣城,暮宿陇头。
寒不能语,舌卷入喉。

陇头流水,鸣声幽咽。
遥望秦川,心肝断绝。

【品读】

陇头歌辞系秦川民间歌辞,有多首,此三首写出三种境界:其一是一人远行之孤独;其二是远途之辛苦;其三是乡思之难抑。文辞简约,蕴义抒情却极为充沛。

| 紫骝歌辞 |

三峡博物馆藏

紫骝歌辞（之一）

无名氏

高高山头树，风吹叶落去。
一去数千里，何当还故处。

【品读】

　　直白之歌辞，写出空灵之境界。难以复还之境，无法重现之画面，往往可以给人至美之撞击。即便一寻常之物、平常之景，昙花一现，更能凸现其美，若弥延时月，永无止境，则美感尽去

| 折杨柳枝歌 |

陕西省博物馆藏

折杨柳枝歌

无名氏

门前一株枣，岁岁不知老。
阿婆不嫁女，那得孙儿抱。

【品读】

女子闹春之态，尽现诗中。民间歌谣之活力，是馆阁文人之笔端所无法生出的。

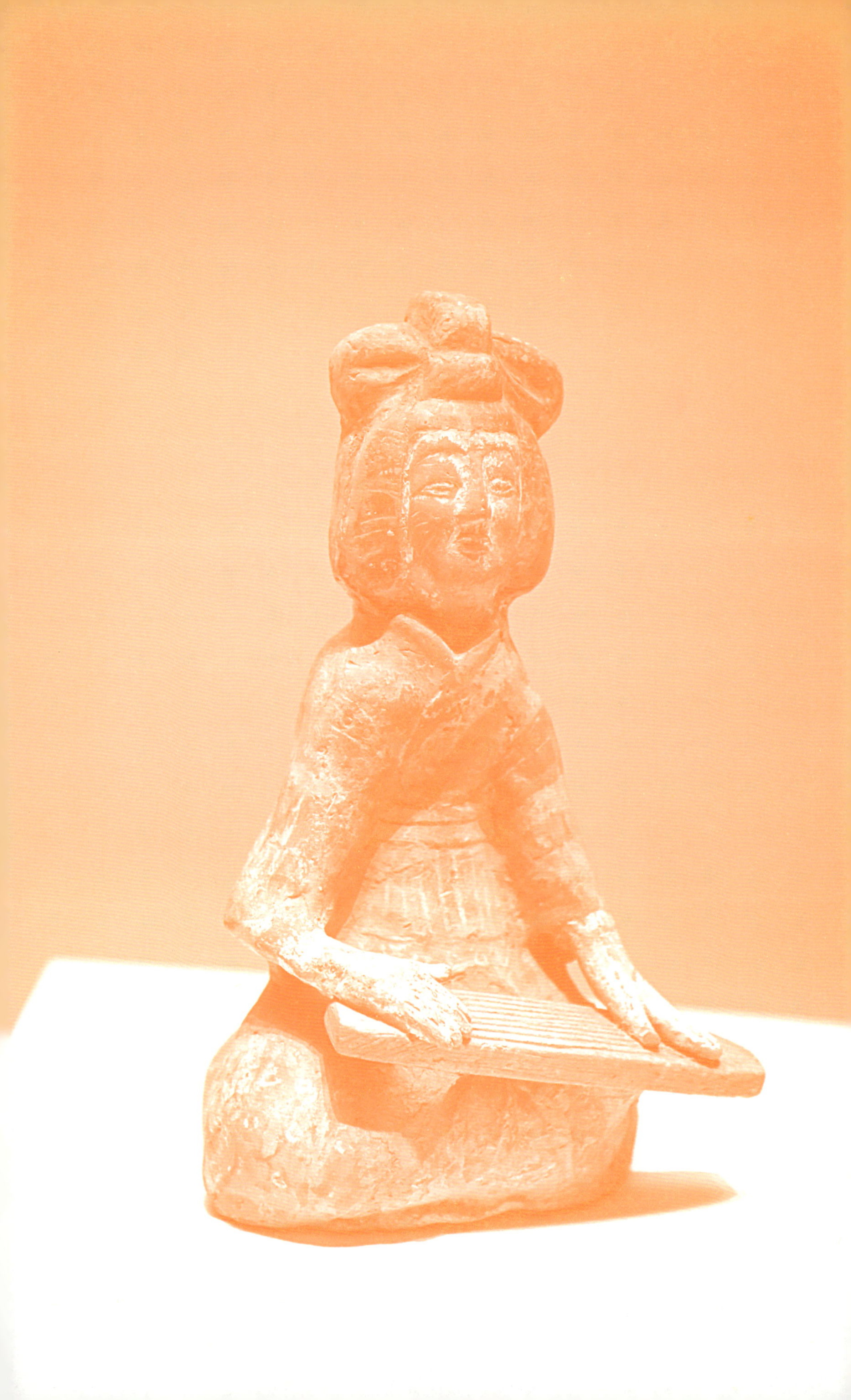

后 记

  乐府流行于两汉魏晋南北朝时代，为此，我们选取了这一时代同样流行的各种陶制艺术品与诗作相配，其中，以陶俑为主，辅之以汉画像石和陶制明器中的器物造型，还选择了一小部分南朝青瓷艺术品。将这些古老的艺术造型与古老的乐府诗句对读，足以使我们感受到乐府中蕴含的古老文化。

  书中图片拍摄自国家博物馆、上海博物馆、四川省博物馆、三峡博物馆、陕西省博物馆、西安博物馆、河南博物院、洛阳博物馆、南京博物院、六朝博物馆等。

  在陕西省博物馆，我们看到了汉代北方草原民族的一尊神兽，精灵神奇，如神工所雕，难以割爱，遂将其用作《敕勒歌》的配图。

若荻

2016年初夏

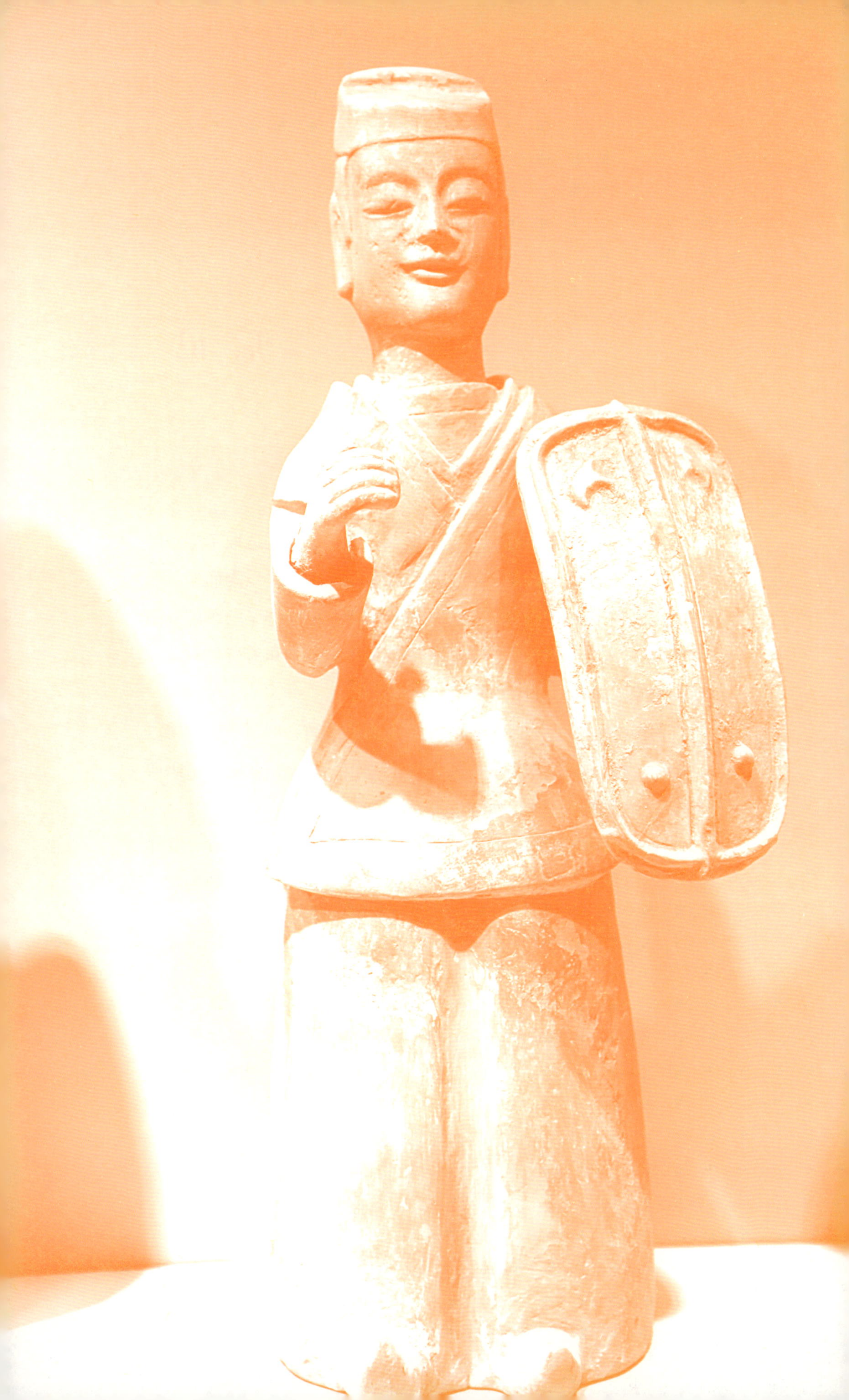

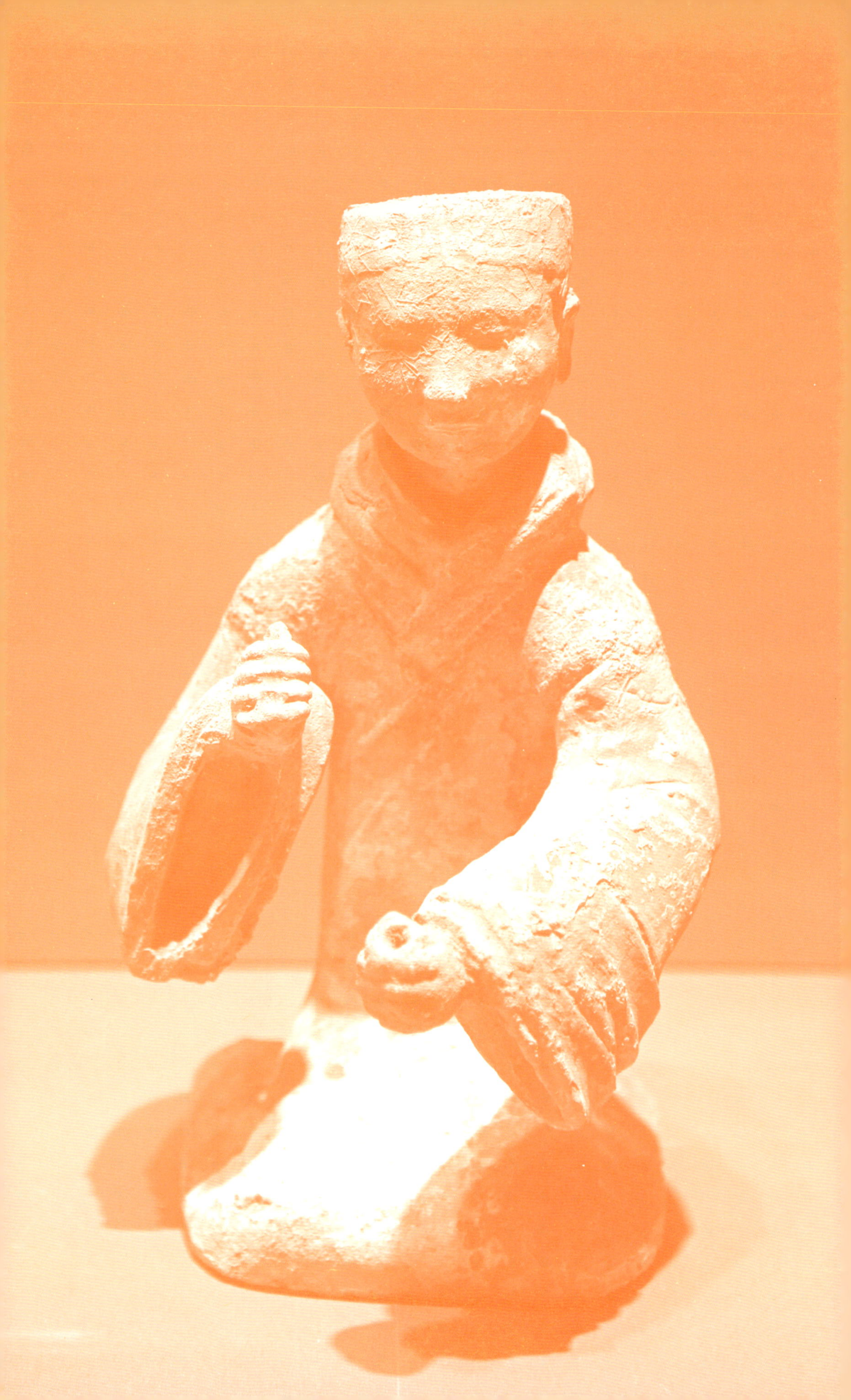

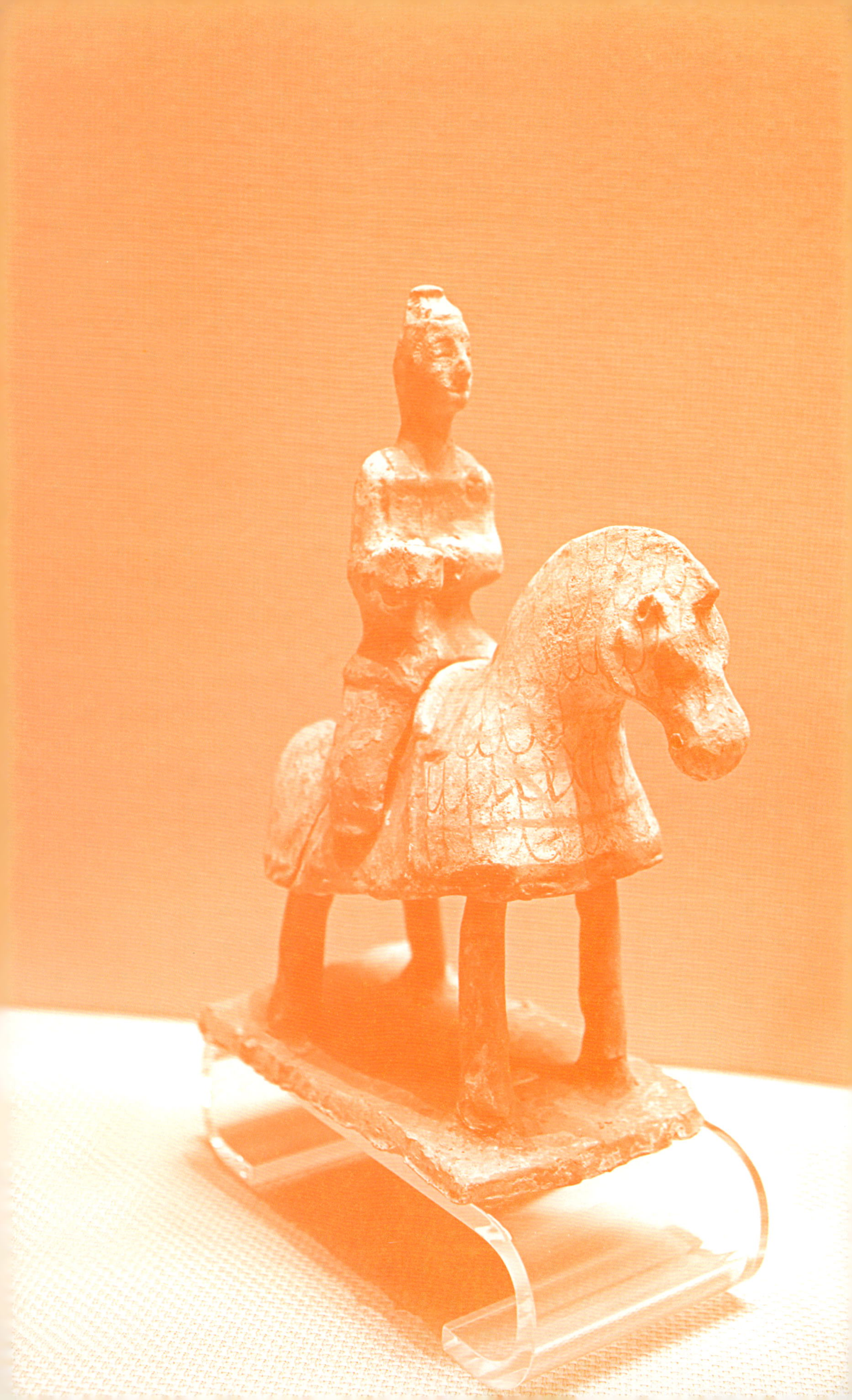

图书在版编目（CIP）数据

乐府百品 / 苏若荻编著. —北京：经济科学出版社，2016.6
（品读诗词中国）
ISBN 978-7-5141-7000-9

Ⅰ.①乐… Ⅱ.①苏… Ⅲ.①乐府诗—诗集—中国—古代 Ⅳ.①I222.6

中国版本图书馆CIP数据核字（2016）第126889号

编　　著　苏若荻
责任编辑　孙丽丽
装帧设计　鲁　筱

乐府百品

出　　版	经济科学出版社
地　　址	北京市海淀区阜城路甲28号
电　　话	总编部电话（010）88191217
	发行部电话（010）88191522
网　　址	www.esp.com.cn
电子信箱	esp@esp.com.cn
发　　行	新华书店经销
印　　刷	北京市十月印刷有限公司印装
规　　格	710 mm×1092 mm　16开
印　　张	13.5
字　　数	240 千字
版　　次	2016年6月第1版
印　　次	2016年6月第1次印刷
标准书号	ISBN 978-7-5141-7000-9
定　　价	56.00 元

著作权所有·请勿擅自用本书制作各类出版物·违者必究
如有印装质量问题·请与经济科学出版社发行部调换